編む

旅のおわりに

北條文緒

みすず書房

目次

円環のブータン

1

着陸直前の飛行機が、ふらっ、ふらっと空中の階段を踏みはずすような揺れ方をしたのは、短い滑走路にあわせて急速に高度を落としたためだとあとでだれかが言ったが、実は時間の断層がそこにあって、ふらっ、ふらっと落下しながらわれわれを異次元の世界に運んだのだ、と思うこともできただろう。小さな飛行機から一行九人が降り立ったのは、村の学校の体育館のような、成田空港とくらべれば手のひらほどの、積み木細工のようなブータン、パロの飛行場だった。

機体が停止したすぐそばに、緑の木の柵に囲われた建物。屋根の下には釣鐘のかたちに刳り貫かれた小窓が並び、木の窓枠にはびっしりと赤と焦茶の模様がほどこされている。その下にもやはり模様、彩色をほどこした木材が正方形の断面を見せて碁盤の目のように並ぶ。ベージュ色の壁には唐草を組み合わせたような模様がいくつかの島を作っている。

建物のなかの板で囲われた仕切りの窓口でビザを貰い、隣の部屋で預入手荷物のスーツケースなどを受け取った。ビザの発行所には若い女性が一人いたが、あとは村の青年団という感じの若い男性たちが、いずれもゴという民族衣裳を着て働いている。一行をマイクロバスで出迎えてくれた旅行社の三人もゴを着た青年たちだった。

ゴは膝までの丈にたくしあげた着物とでも言えば近いだろうか。床に届く丈をたくしあげて腰のまわりをきゅっと締め、和服の帯を結ぶ前のような状態にし、そこにできた懐が（わきは縫い合わせてあるので）ポケットでもあり、アタッシュケースにもなる。生地はあらかた縦縞で、下に着た白い襦袢状のものを袖口で折り返している。長さ一〇センチ以上の白いカフスがゴの姿をきりっとひきしめる。脚には長いソックスと革靴。

マイクロバスが動きだし、柔らかい芽を吹いた柳が縁取る川原を抜けてパロの商店街に入る。コカコーラ、コルゲートなどの看板がちらほら見え、車も何台か停まっている。だが商いの気配はなく、この通りにいちばん近いイメージは、昔の旅龍の並ぶ宿場町、さびれて人気のない村の通り。

ゴについで二番目に印象に刻まれたものはブータンの、どれも同じ建物の作りである。軒や窓枠を埋める極彩色のおびただしい木細工と白い壁。銀行も商店もレストランもガソリンスタンドも郵便局も、みな同じデザイン、同じ色調である。建物にオフィス、商店、住宅という違いはなくて、どれも民家に見える。傾斜の少ない屋根と最上階とのあいだは吹き抜けになっていて、穀物や肉類を乾燥させる場所だという。窓の外から覗きこむと、商店には古風な秤、袋詰めの穀物、缶詰、家畜の餌、いずれも昔からそこに置いてあるような。質素な身なりの人々はのんびりと動き、旅行者に向かって素直な眼を向ける。ハローハローと無邪気に呼びかける子どもたちは答えてやるといかにも嬉しそうに手を振る。

ブータン銀行という看板のある家の二階の、外国人向けのレストランに案内される。壁には国王の写真と、ラファエロ前派の絵の粗末な複製が架かっている。紅茶、コーヒー、ビールなどを選んで飲み、供された揚げ餃子と、乾燥野菜のかき揚げのようなものを食べる。おいしかった。それからまたマイクロバスに乗って首都ティンプーに向かう。

商店街はすぐに終わり、急カーブが続く山の側面の道を折れ曲がりながらバスが登ってゆく。右側はそそり立つ岩山、左の眼下にはパロ谷と呼ばれる渓谷。点在する農家の板ぶきの屋根には、子どもの砂場遊びのような感じで大きな石が並び、その真ん中に白い小さい旗が立ててある。あの旗は何のため？　バスのうしろにいるアシスタントガイド、ツェリン青年が説明してくれる英語が聞き取りにくくて、二度三度聞き返す。ようやく幸運を呼ぶための旗だということがわかる。いいねえ、東京女子大の屋根の上にも立てよう、と山本英治団長が言う。ときどき縦長の経文旗が数本まとめて地面にさしてあるのにも気がつく。死者の出た家が霊を弔うために立てるのだとガイドのリンツェン青年が教えてくれる。

たしかに飛行機がふらっ、ふらっと揺れたとき、タイムスリップが起きたにちがいない。ネパールのカトマンズでは、敗戦直後の日本を思い出した。だがここブータンでわれわれが連れてこられたのは、具体的な日付のない過去、昔々おじいさんとおばあさんがいましたという、あの子どもの絵本に閉じこめられた過去である。ネパール、ハッティバンの丘の上にも木の枝と枝とのあいだに、経文を書いた旗をつなげて吊してあった。だが仏の慈悲が風にのって広く人々に届くというその仕掛けが無効だと断言できるほど、地上には貧困や悲惨があった。ブータンには乞食の姿も浮浪者の姿もなく、澄んだ水が渓谷を流れ、対岸には優しい緑が点在する。谷の向こうに切り立つ岩の崖さえ、今開かれた屏風絵のように冴えざえとしている。自然がよそよそしい他者ではなく、山が囲む大気のなかに白い旗が招き寄せることのできる幸運や、経文が鎮めることのできる死者の魂がある。

人間と、地球と、宇宙との照応。三つの同心円のイメージが頭に浮かぶ。出発前から読みかけて、今度の旅行に持ってきた一冊の本のなかに描かれていたイメージである。M・H・ニコルソン『円環の破壊』(小黒和子訳)。一七世紀のイギリスの詩人たちが世界や人間について抱いていたという円環のイメージがふと目の前の風景に重なる。

2

ティンプーでの宿泊は最高級だというホテル・ドゥルックだった。到着したロビーで部屋の鍵を受け取る前にひと悶着がもちあがった。

一行九人は二組のカップルと単身参加の五人、その五人がいずれも個室を希望したので、ホテルには都合七室が予約してあるはずだった。ところが二泊のうち、最初の日はよいが、次の日には五室しかない。四室はツインで一室はシングルだという。数のうえでは九人収容できるというわけだろうか。七室を用意できないのは、大人数の団体がその日に入るからだという。フロントの意向を取り次いでそう説明するガイドに向かって、そんな馬鹿な、と私は思わずしゃしゃり出た。はじめから五人は個室を予約したんですよ。追加料金もちゃんと払いました。この期におよんで部屋がないって法はないでしょう。責任者と話します。マネージャーはどこにいるんです？　そう言って相手を見据える。定評のある威圧感が漂うはずである。

マネージャーは今いません、とガイドがこともなげに答えると、私はガリッと切れてフロントのソファに座り込む。ひどい仏頂面になっている。こうなったら今度の旅行の相棒の上野田鶴子さんとツインの部屋を共有するほかない。お互い疲れをためずに機嫌よく旅行を続けるには個室に如くはない、と出発前に話し合ったばかりだったのに。ガイドとのやりとりを続けていた山本団長が上野さんを呼ぶ。「上野さん、ちょっと来て。仲良し上野さん」

パロからティンプーまで一時間余りの移動のあいだに、通訳は上野さんという役割が固定した。彼女の座席が、運転席横のガイド席のうしろだったためばかりではない。上野さんだけがガイドのリンツェン青年のわかりにくい英語を聞き取ることができるのである。英語を母語としないさまざまな国の人を対象に日本語教育に携わった長年の蓄積から、英語を聞くとその人の母語がわかるのだという。日本人の英語、韓国人の英語、インド人の英語というふうに、くせのある英語を聞き分けることができる。そのうえ相手に安心感を与えリラックスさせて、ガイドにとっての「仲良し上野さん」になる。

ようやく決着がついたらしく、上野さんが八人に向かって晴れやかな笑顔で説明をする。

「とにかく今夜はみんなこのホテルに希望どおりに部屋があります。問題は明日ですが、この近くのホテルの、ここと同じくらいのいいホテルで、個室がふたつ確保できるのだそうです。そこへの移動は責任をもって面倒を見ると言っています。それ以上言ってもしょうがないんじゃないかしら」

結局中村直子さんと國原美佐子さんが翌日は別のホテルに移ることになって一段落。別のホテルにも泊まってみたい、と言うプラス思考の若い二人を前にして、私は仏頂面を解除するほかはない。

あとから思うと、必要以上の苛立ちを私が感じたのは、こういうときの日本のホテルの対応を期待していたからかもしれない。日本のホテルだったら、まず手落ちを平謝りに謝るだろう。別のホテルをご用意いたしますから、とすぐ申し出るだろう。ところがフロントもガイドもおよそたいしたことではないというように、あわてず悪びれず部屋がありませんと言う。このときにかぎらず、ブータンでは外国からの観光旅行者をなんとかしてつなぎとめようという態度はどこにも見られなかった。旅行者と見ると群がってくる物売りもいない。誇り高い民族でもあるのだろう。バスのなかから見える渓流で、魚を釣るのですか、とアシスタントガイドのツェリン青年に尋ねると、われわれは仏教徒だから殺生はしませんという返事だった。じゃあ魚は食べないのですか、と訊くと食べるという。とすればだれかに釣らせているのだろう。道路ぞいの乞食小屋のようなバラックは道路工事に携わるネパール人が寝起きしているとのこと、きつい、汚い、危険の3Kの仕事は流入してきた貧しいネパール人に割り当てられているようだった。太った人はおよそ見かけず、犬も猫も痩せていて、ブータンが豊かな国でないことは、バスの窓からの一時間余りの観察で明らかだった。だが貧しいなりに自足しているといおうか。その自足が誇り高さを支えているにちがいない。意味を変えながら、閉じた円環のイメージがまた浮かぶ。

フロントや食堂は洋風だったが、部屋のブータン風はおもしろかった。ドアは庭の裏木戸をあけるような素朴な鍵で開き、ドアの裏側、クローゼットの扉、窓枠、ベッド、すべての木の板に模様が描いてある。どれも四角いますのなかに花や文字をかたどった模様である。一段と高くなったところにある浴室は、洋風の機能が整っているものの、いざ入ろうとするとお湯が水に変わったり、備え付けのシャンプーのボトルの外側がべとべとだったり、タオルは昔々は白かったものを濃い昆布だしで煮しめたような色だったりした。机の向こうに貼ってある鏡はガラスが歪んでいて、自分に似た顔がゆらめいて映っていた。あなたの部屋に電話をしても出なかった、と上野さんに言われたが、電話は部屋じゅう探してもなかった。暖房はインド製の小さなヒーターで、コンセントを差しこむとうなり声をあげた。すぐに部屋が暖まるのはたいした威力だった。鍵がかからないので部屋を変えてもらったとか、トイレの枠がガタガタでずり落ちそうになったとか、ほかの人たちの経験も多様だった。

夕暮れの街に出ると、ティンプーは首都だけあってパロより人も車も多かった。あくまでも比較しての話である。ホテル近くの交差点でひょろ長い交通巡査が（この人は制服を着ている）手をゆらゆらと動かしているほかは赤信号も横断歩道もなく、それでも支障をきたさぬ程度の交通量である。

あたりにはかすかな異臭が漂っている。それが道路のあちこちを染めている赤い斑点のせいだということは、もっとあとになってバザールを覗いたときに発見した。バザールの一角からクサヤの干物と銀杏を混ぜたような匂いが漂ってきて、匂いの源はビンロウジュの楕円形の茶色い実だった。固そうなその外皮を剝き、果肉をキンマ（本によればコショウ科の蔓草）の葉で包んだものがブータンの人々の嗜好品ドマで、路上の斑点はビンロウジュの実から出る赤い色素が混じったものを吐き出した跡だった。慣れない人がドマを口に入れると、とたんに体じゅうがほてるばかりか立ちくらみの状態になり、足がぐらぐらすると本に書いてある。それを普通は吐き出さないというのだから、ブータン人はすごい。

映画館があり、かなりの人々がその前に群がっていた。その近くのエンポリアムという国営の土産物店に入る。女性の民族衣裳キラの布地、キラを留めるコマというふたつひと組みのブローチ状の銀製品、竹細工の大小の籠、木の椀、タンカ（仏画掛軸）など豊富な品が展示されている。白っぽい地色に紫の幾何学模様を刺繡したすてきなキラの布地に目がとまったが、値段もすてきだった。到着したばかりのいま、現金を使ってしまうのは不安だし、相談相手の上野さんは、ほかに用事があっていなかった。彼女がいないとひどく心細い。

最初山本英治団長からブータン旅行に誘われたとき、私は小林祐子さんを誘った。三〇年余り私にとってこの上ない同僚、先輩、友人、ときには姉、ときには妹と一人で何役も果たしてくれた小林さんが昨年三月に退職をしてから、私の職業生活にはぽっかりと穴があいた。せめて一緒にブータンに行くのを楽しみにしていたのに、流感が引き金となって小林さんが健康を害し、海外旅行はどうみても無理という事態に立ち至った。山本団長をはじめ、旅行のグループは職場仲間ではあるけれど、だれか相棒が欲しい。それで身近にいる同僚を片っ端から誘った。

「行ってもいいわ」と上野さんが言ってくれた。

私だったら、こういうときに素直ではない。あなた小林さんと行くつもりだったんでしょ、代役はお断わりよ、というふうに反応をする。喜ぶ私に向かって上野さんが言うには「でも行けるかどうか、最後までわからないのよ。両親のことがあるでしょう？　いつなんどき異変が起きるかわからないでしょう？　何も起こらないでブータンに行けるようにお祈りするけれど、あなたも祈っていてね」

素直さは伝染する。私は日曜学校の生徒のように素直になって、毎晩ベッドに入ってから祈った。「神様、寝たままで失礼します」とまず断り「上野さんがブータンに行けるように、入院中のご両親に何ごともないようにお守りください。どうか上野さんとブータンに行かせてください」。それから次の願いも繰り返した。「どうか小林さんの病気を治してください。これ以上痩せないように、食欲が出るようにしてください」。ほかの神様ではなく、上野さんの信じる神様のところに届くようにアーメンとつけくわえた。

3

ホテルに戻ると上野さんからの伝言を渡された。「ティンリーさんの家に行くことになりました。夕食までに戻ります」

ティンリーさんとは、ホテル・ドゥルックに支店を出している大きな土産物屋の女性オーナーである。かなり入り組んだ経緯だが、要するに以前ブータンからの留学生の世話をした縁で、ティンプーに着いたらティンリーさんに連絡を取るようにと上野さんは言われていた。ブータンに入る前に一泊したタイのバンコックのホテルでは、昔ミシガン大学で一緒に勉強したという友だちが彼女を待ち受けていた。港、港にだれかいるという、上野さんは国際人なのだ。夕食前に戻ってきた彼女からティンリーさんの店や家の様子を聞き、翌日、観光の前にみなでその店に寄ることになった。

その夜『地球の歩き方　ブータン』を開いて、ティンプーの記述を読んでいたら、ティンリーさんの名前が出ているのを発見した。彼女の店の紹介があって「オーナーのティンレイ・ラムさんはブータン人とは思えないやり手」とあった。

「ブータン人とは思えない」という形容が実にそのとおりらしい、ということがやがてわかってきた。ティンリーさんがわかったというよりも、彼女が例外であるところの一般のブータン人が見えてきたと言うべきだろう。翌朝、ティンリーさんの店でそれぞれが買物をしたあと、マイクロバスはまずナショナル・メモリアル・チョルテンに一行を連れていった。チョルテンとは仏塔のこと、先代の国王の発願《ほつがん》によって建造が始められ、死後に完成された。仏塔には、四角い建物を重ねたブータン様式、四角い台座上の白い円筒にソフトクリームのコーンを伏せたようなチベット様式、台座の上に白い半球を伏せたネパール様式などがあって、パロからティンプーへ続く渓谷のある地点に、その三つの様式のチョルテンが仲良く並んでいるのを、前日カメラにおさめたところだった。このメモリアル・チョルテンはチベット様式で、灯台を思わせる白い塔の上に金色の輪を重ねた円錐が立ち、四方のバルコニー状の出っ張りにも金色の円錐があって、それが青のすかし模様の並ぶ柵に囲まれて、なかなか華やかだった。バルコニー部分を支える柱には目玉の模様も交じっていて、ネパールのスワヤンブナートを思い出した。

チョルテンの右手には巨大なマニ車《ぐるま》を入れた建物があり、その軒下に数人のぼろをまとった人々が腰をおろしていた。乞食かと見えたが、われわれが近づいても寄ってくるわけではなかった。チョルテンの内部を見ることはできなかった。右から回るというきまりにしたがって、建物のうしろに回り装飾の細部を眺めて足を止めていると、その人々がやってきた。道をあけると無言で腰をかがめるようにして建物を一周、また一周というふうに歩く。そして離れた軒下に戻ってまた休む。お百度を踏むのに似て、チョルテンのまわりを回るためにそこに来ている、いわばお遍路さんとも言うべき人たちなのだった。同行の大隅和雄氏によれば、日本にも常行堂《じょうぎょうどう》といって、仏像のまわりを何度も回るためのお堂があるのだそうだ。ぐるぐると歩みを続けるなかで、無我の境地に達して仏と一体になるのでしょう、ということだった。大隅氏は仏教思想史の専門家として知られる人である。だが豊かな学識を滔々と披瀝するタイプではなく、それだけにときおりのコメントを聞き漏らすまいとみなが耳をそばだてる。

近くで見れば、ブータンのお遍路さんたちの皮膚は久しく洗ったことがないような黒光りで、裸足同然の足元の人もいる。表情は静かで自足しているとも、生気がなくて死んだようだともいえる。巨大なマニ車の下に座ってそれを回している老人をそっと写真に撮ろうとすると、顔の高さに手を挙げてこちらに向かって振りはじめた。こちらも手を振って答える。だが相手はいつまでも振っている。手を振るのはノーの合図だとガイドブックに書いてあったことを、シャッターボタンを押す直前に辛うじて思い出した。拒絶のときさえ、格別厳しい表情は見られなかった。

たしかにティンリーさんは対照的だった。年は四〇代だろうか、小太りの体全体に活気がみなぎり、艶やかな皮膚の丸顔に黒い眼がきらきらと光っていた。わかりやすい英語で歯切れよく話し、商品を説明して「三五ドルですが三〇ドルにします」とてきぱきディスカウントの値段を決め、店員に指示をする。「あなたのこと、日本のガイドブックに出ていますよ」「まあ嬉しい。なんと書いてあります？」「ブータン人らしくないって」「あら！」などとやりとりをする。ことばにかぎらず、彼女とのあいだには表情のやりとりともいうべきものが成立した。つまりわれわれと同じ世界にいる人だった。「今度来るときは私のホテルに泊まってください。二〇室の小さいホテルだけど、とても快適です。ぜひ連絡してください」と熱心にすすめ、「日本人がいちばんいいお客さんです。趣味も合います」と褒めることも忘れない。インド人のお客がいちばん苦手みたいよ、とあとで上野さんが言った。たしかにその朝ホテルのフロントでは、また何か問題があったらしくインド人女性がまくしたてているのを見かけたが、その剣幕にくらべたら昨日の私の仏頂面は天使にも等しかっただろう。

チョルテンのまわりには犬が数匹いた。その犬たちも貧しかった。どれもひどく痩せていて、なかには目が爛れ、皮膚病のために背中の毛が抜け落ち、地肌が壁土のようになったのもいた。気忙しく餌を漁ることも鳴き声をあげることもなく、黙々と残り少ないであろう命を生きていた。ひと思いに安楽死させてやったらどれだけ楽なことか。だが楽を知らない命にとって、安楽死は意味を持たないだろう。国教としてブータンに染みとおっている仏教の、六道をへめぐるという運命を犬さえも納得して、その定めの輪に自らを委ねているのかもしれなかった。

平均的なブータン人の世界と、われわれの世界を隔てるものは「欲望」にちがいない、とふたたび上り坂をゆくバスのなかで私は考えた。長いあいだ鎖国の状能が続き、現在でも外国からの旅行者の数を制限しているブータンは、自給自足の社会、外の世界を知らず欲望に振り回されることのない社会であるにちがいない。チョルテンのまわりを回るぼろをまとった人々は、もっとよい暮らしがあるはずだとか、どうやったらこの貧しさから脱出できるかとか、考えることがないのだろう。右肩上がりの上昇曲線とは無縁で、チョルテンのまわりをぐるぐると回る歩みも、土に生まれて土へと帰る一生もともに円を描いている。

「ブータン人とは思えないやり手」のティンリーさんにみなぎっていたものは、外の世界に触れた人の生気だった。欲望を知りそれに動かされて、たとえば次々に事業を拡大したり、運を試したり、可能性に挑戦するとき、人間の眼はきらめきはじめる。自足の状態は破壊されて、競争、焦燥、争奪、失望、墜落、あらゆるものが綻びた円環のなかになだれこむ。だからといって、いかに牧歌的であろうと、ブータンの人々を羨ましいとは思わない。彼らのように生きたいとも思わない。第一、貧しい社会では貧しさの皺寄せは女性にくるのだ。近代的な設備や医療施設の乏しいなかで女性は家事と育児に追われて一生を終わり、外で働こうにも就職口がないだろう。もっとも本によると、ブータンでは選挙権など男性と同等の権利を持ち政府の重要なポストにつくことも珍しくないという。だがそのような層は薄いにちがいない。やっぱり排気ガスと騒音の渦巻く東京にいるしかない。ふんだんにお湯が出て、お金を出せばおいしいものがいくらでもあって、店にきれいな宝石や洋服が並ぶ東京がいい。私は依怙地になった子どものようにそう思いながら、頭の片隅では別のことを考えていた。ティンリーさんの店で買ったキラの布地をロングスカートに仕立ててもらうとしたら、紫と茶色の縞や豪華な刺繡のある部分は、縦に使ったものか、横にしたものだろうか。

4

バスはサンガイガンという見晴らしのよい丘の上で停まった。ティンプー谷一帯が一望のもとに見渡せる地点である。ブータンのなかでは人口の密集地帯なのだろうが、平和な農村の眺めだった。手前の経文旗が立つ斜面を下った盆地に家々が雑然と散らばり、舗装された道が丘の裾野を走っている。道のわきには畑と木立。その向こうには若木に覆われた丘が襞をなして連なる。コンクリートの建造物が堆積する都市を見慣れた者に、ほとんど自然が破壊されていないこの風景は、昔の絵本を見るような懐かしさを喚起した。子どものころ遊んだ原っぱや、荷車が通ったあと湯気を立てて道路に落ちていた馬糞が、記憶のスクリーンに浮かんで消えた。

そこからは徒歩で「ズー」に行くという。かなり急な下り坂は地面が乾いてすべすべだった。右側の金網に摑まってそろそろ降りているつもりだったのに、あっと気がついたときには尻餅をついたまま、私の大きな体がズズーッと斜面を滑り、前にいる山本三十四《さとよ》さんの華奢な足元にひっかかっていた。立ち上がろうと踏ん張るとまたズズーッと滑る。

「そこをどいてください。ちょっと場所をあけて」

「駄目、駄目。足を横にして。そうじゃなく、蟹みたいに横にして」と押問答する。

三十四さんが足を横に、横にと言う意味が、ようやくわかって足の角度を変えると立ち上がることができた。実際彼女が場所をあけたら、私はあと一〇メートルは滑降を続けただろう。ガイドが飛んできて私の右手をとり、山本団長が左側を支え、まるで全身を骨折した人のようにそろりそろりと残りの道を下った。山歩きには慣れています、という三十四さんの、銀座通りを歩くような足取りとはなんという違いだろう。ほかの人たちがそれぞれの足元に全神経を集中していたのは幸いで、あとになってから「あのときの姿を写真に撮ればよかった」などと思いついてもあとの祭り。もっとも転んだのがほかの人だったら、FOCUS系の私はぱっとカメラを取り出していたことだろう。

下りた地点の金網の向こうにターキンという国獣が放し飼いになっていて、それが「ズー」の正体だった。牛とヤクの合いの子のような動物で、体や脚から長い毛がすだれのように垂れているようだったが、金網から遠いところで背を向けているし、こちらに顔を向けた一頭もおよそ無関心で何の愛想も示さず、「ズー」見物は結局「ズズーッ」だけが収穫、というより、土地の霊が依怙地な旅行者に下した罰だった。

それから尼僧院と仏画の訓練学校を見た。尼僧院の入口の、日本の寺なら清めの水がある場所に、積み上げた松の葉とそれを燃やす竈があり、それが清めの役割をすると山本団長が説明をした。尼僧たちは髪を短く刈り込んだティーンエイジャーだった。えんじ色の埃っぽい衣を着て、裸足にズック靴をはき、路上にいるかのように三々五々群れながら、駄菓子を食べたり、笛に口をあてたりしていた。本堂の片隅で横書きに書かれたお経を上下にめくりながら読経中の子もいた。一生尼僧でいるのではなく、ある期間をここで過ごしてまた世間に戻るのだという。本堂には金ぴかのはちきれるような肢体の仏像がおさめられていた。聖水をかけてもらい、しきたりにしたがって息を押さえこむようにうつむいて右回りに仏像のまわりを回った。本堂の横にある長い建物が寄宿舎だが、中はまったく見えなかった。帰りがけにふと気がつくと、道路わきの丘の上に尼僧たちの黒い頭がいくつも並んで、一行を見下ろしていた。

尼僧院のある丘からは、タシチョ・ゾンの全景が眺められた。ゾンとは城を意味する由だが、ティンプーのこれは、ブータンの政治と宗教の中心ともいうべきラマ教総本山と国会議事堂をあわせた建物で、大半が一九六〇年代に再建されている。数棟の主要部分が回廊でつながれ、どの部分も屋根の焦茶とその下の壁の白が中間で規則的な模様を織りなしているその姿は、巨大な美しい鳥が山ふところに舞い下りたかのようだった。

仏画の訓練学校では、急な階段を昇った二階の廊下の両側に教室が並んでいた。建物全体の造りがかしいでいて、シェークスピアの生家を思い出させる。年齢はまちまちの生徒が段階に応じて、下絵を細い線でなぞったり、仏画の模写をしていた。仏像の体の傾きや腰のねじれの角度は細かく引かれた直線の網目の上に再現されていた。教室に教師の姿は見えない。にもかかわらず、わいわいがやがやと騒ぐ生徒はおらず、かといって絵に没頭しているという様子もなく、それが日々の営みであるという平穏と沈滞の光景だった。国の養成機関で無料だと聞いた。

いったん街に戻って昼食を済ませてから、国立図書館に向かう。前庭にはバラ園があって、バラの若木がいっせいに赤い芽を吹いていた。ここにかぎらずバラの植込みにはよく出会う。隣国インドを支配していたイギリスの影響だろうか。図書館はむろんブータン様式の建築だが、正面の極彩色の模様の木彫はとりわけ見事だった。一階は普通の図書館、入口を入った正面に仏像を置いた祭壇。国中いたるところにある国王の写真がそのそばにある。驚いたのは二階と三階にあるおびただしい経典だった。ひとつひとつ昔の教育勅語がおさめてあったような箱に入れて布にくるんであり、端には白、赤、緑、など三色のひらひらした小さな布が垂れている。それが本棚にずらっと並んでいる。陳列ケースには、チベット語の経文が金文字で書かれた革のような硬そうなシートを重ねたものが展示してある。チベットの多くの宗教施設が中国によって破壊されたあと、ブータンはチベット密教（ラマ教）の伝統をもっともよく伝える国だといわれる。ここにある数々の経典は希少価値を持つ貴重な文化財であるにちがいないのだが、セキュリティの観念は一切ない図書館で、その気になれば簡単に持ち去ることのできるような無造作な展示もあった。

ホテルに戻って一休み。夕食は今日カトマンズから到着するヒマラヤ観光開発株式会社の社長宮原氏一行と一緒にとることになっていて、その前に昼間遠景を見下ろしたタシチョ・ゾンに出かけた。官吏たちが仕事を終えて退出する五時以降は、中庭まで入ることが許されるので、遅い夕方の時間が選んであった。

ここに入るときブータン人はカムニと呼ばれる幅広の長いショールのようなものをたすきのようにゴの上からかけるというきまりがある。ガイドのリンツェン青年がカムニを持ってくるのを忘れたので、われわれだけ先に入った。入口のガードは固く、カメラもパスポートの入ったバッグもすべてそこで預けねばならない。屋根つきの階段を上がってゆくと、不意に眼前のスクリーンが拡大した感じで回廊に囲まれた白い石畳の空間が現われた。ひとつの中庭を抜けるとまた視界がひらける。ドイツ人らしい観光客の一団とすれ違ったほかには人影がなく、われわれの歩みが立ち入り禁止の区域に近づくと、警備の人が影のようにすうっと現われて制止をする。ひときわ高い建物には振り仰ぐ高さまで赤い敷物を敷いた階段が続いているが、それが消えてゆく先にあるものはむろん見ることができない。その近くに立ったとき、読経の声が聞こえてきた。建物の奥のどこかで僧侶たちが夕べの勤めをしているのだろうか。重なりあった低い声は地の下から湧いているようでも、遠い空の向こうから届いてくるようでもあった。それぞれの建物の軒の部分には獣や花や鳥の図案が描かれている。鹿、猿、象などの動物に交じって力瘤の浮き出た腕で仏像の台座を持ち上げている人間がいるのが不思議だったが、仏教伝来以前の先住民族でしょう、という大隅氏の説明で納得した。

数段の階段の上の壁に幾枚かの曼荼羅を架けたお堂があった。普通の仏像を配した曼荼羅ではなく、輪を幾重にも組み合わせた図柄で、それぞれに揺らめく輪の動きを一瞬静止させたような円環の重なりのなかに宇宙のイメージを捉えたものがあった。盛り沢山の観光をおこなったその日の最後に、いちばん印象に刻まれたものは、と問われたら、やや漠然と抽象的に、円環のイメージだと私は答えたことだろう。

夕闇が下りてきて急に冷え冷えとしてきた石畳の上を、向こうから歩いてくる人たちがいて、宮原氏と連れの二人だった。宮原氏には一昨年以来、半田さんという男性と牧内さんという女性は初対面。半田さんから二年前に行ったネパール旅行のときのガイド、ビジャヤさんからことづかったという手紙をそこで渡された。一緒に写真を撮って、またふた手に別れ、われわれ一行はタシチョ・ゾンのそばの、中村直子さんのことばによれば「マディソン郡の橋のような」屋根のついた橋を渡った。昼間なら華やかに浮き立つであろう天井や欄干の赤はすでに薄暗がりのなかに沈み、橋のたもとに立つ数本の経文旗の薄い白布はその向こうの山の藍色の闇に染まっていった。

5

宮原氏の一行に、ブータンのプナカから来られた小方氏が合流し、ふだんは加わることのないガイドや彼らが所属する会社の社長（ボストンに留学したことがある彼の英語はわかりやすい）も入って夕食は賑やかだった。最後にリンツェン青年が歌い、野崎茂氏が歌い、またリンツェンが歌って、盛り上がりはホテルに戻るバスのなかまで続いた。七人がホテル・ドゥルックで下りたあと、バスは中村、國原さんを別のホテルに送っていった。

バンコックに一泊した最初の日がやや強行軍だったので、昨晩は熟睡してそれを取り戻した。そういうときの常で今夜は簡単に寝つけそうもない。そのうえ理由があって、部屋に引き取ってからも気持ちが火照っていた。

日記がわりのカードに今日見たものを簡単にメモし、半田氏に託すべくブータンの絵はがきにビジャヤさんへの返事を書き、封筒がないので机の上のホテルのレターペーパーに包む。それから読みかけの本、ニコルソンの『円環の破壊』のページを開いた。訳者の小黒和子氏から贈られたこの本を、今回の旅行に持ってきたことに因縁を感じる。因縁という仏教のことばが浮かぶのもブータンのせいだろう。ジョン・ダン、ヘンリー・ヴォーン、アンドルー・マーヴェル等一七世紀イギリスの形而上詩人たちの作品に現われるおびただしい円環のイメージを、神や宇宙のような壮大なものから瞳や涙の雫のような小さなものまで、著者ニコルソンは次々に手繰りだす。そして小さなものが世界の縮図として重なり合う、同心円のイメージに表わされている調和の世界を示す。たとえば「神によって自然のなかに書き込まれた」円を描くマーヴェルの詩、

［神が］暗緑の夜の黄金のランプさながらに

輝くオレンジを木蔭につるす。
そしてホルムズにあるよりもっと豊かな
宝石をざくろにつめる。
口に触れるところに無花果を実らせ、
足もとにはメロンを転がす。

あるいは

見よ真珠のような朝露が
暁の懐ろから降り注がれ、
　花開くばらの中に落ちる。
しかしその新しい住家には無頓着だ。
生まれ故郷の澄んだ大空を
　自分の球のなかに収めているから。
　そしてその小さな球体のなかに

大空の姿を象っているから。

そしてヘンリー・ヴォーンの詩の黙示録的な円環、

私は先夜、永遠を見た。
純粋で無限な光の大輪のようで
　輝やかしくまた静かであった。
「時」はその円環のもとで時間、日、年となり、
　諸々の天球とともにめぐる。
それらは動く巨大な影であり、そのなかで
　世界と万物は押し進められてゆく。

こうした調和の世界が新しい科学の発見によって破壊されてゆくときの詩人たちの戸惑いを、本の後半でニコルソンはたどっているのだが、ブータンにいるあいだは、その部分へと読み進むにはおよぶまい。夕方、タシチョ・ゾンで見たばかりの、あの幾重もの円環を描い

た曼荼羅が、形而上詩人たちの描いた円のイメージの上に重なる。地の底から湧く声のような読経が流れ、毎朝執務の前に国王が仏に祈りを捧げるというあの国政の庁舎が表わすものは、二〇世紀の今なお破壊されていない円環の世界だ。

西洋と東洋の、重なり合い絡み合う円環のイメージを追いながら、いつしか意識の奥の暗がりにこの本の訳者の小黒和子さんの澄んだ声が聞こえているのはなぜだろう。大学の同級生で、数年間は同じ職場の同僚だった。だが、暗がりにたゆたうのは小黒さんの声ばかりではなく、数年前に亡くなった幼なじみEの面影もある。彼女の追悼会のとき、私は自作の詩ともいえない詩を朗読したのだったが、そのなかで自分の祈りをほかならぬ円環のイメージに託したのは、なんという偶然だっただろうか。あるいは偶然ではなくて、人間の意識には自足と永遠を円環で表わすという刷り込みがあるのだろうか。Eの死の衝撃は時間とともに和らいではいるが、それは刃物が砂にうっすらと覆われてゆくのに似ていて、風が吹きつけると鋭い切っ先を現わす。Eの時間は死によって停止して、火花が飛び散るようだった一生は闇のなかに消えたのだと、そういう想いに耐えられなくて、通夜の帰り道、Eに語りかけたことばを、私は帰ってすぐワープロに打ち込んだ。

お祭りの夜店で売っている極彩色のガラスの花瓶を
　叩き割るような生き方でした。
駅前の時計屋のショーウィンドウにある
　イミテーションのネックレスを
　引きちぎるような生き方でした。
しかし、砕かれた花瓶の破片のクリスタルの輝き
　飛び散ったビーズ玉に宿る天上の光
破片たちの煌めきは天国で健やかな円になることでしょう。

Eはあり余る才能を持って生まれた人だった。何でも器用にこなしてしまうことが、かえってあだになったのかもしれない。大学時代は演劇だった。そのあと日本舞踊の名取になり、家庭を持ってからもジャズ、ドラム、童話の創作、朗読、エレクトーン、ハワイアン、乗馬とやることを次々に変えた。あるいは同時進行でやっていた。女優にも歌手にもなれたのだろうが、なにか一筋に没頭することができず、しかも舞台で脚光を浴びる自分の姿を追い求めているように見える彼女を、私は次第に遠くから眺めるようになっていた。いったい何を

やっているの、あの人、噂が出るとそんなふうに言うこともあった。どうしていつもいつも焦っているのでしょう。

だがことさら批判的になったのは、平穏や自足を知らない彼女の姿のなかに、自分に共通するものを感じ取っていたからではなかっただろうか。彼女と私が違うのは、私には才能と呼べるようなものが何もなく、それでもなお正体不明の欲望に絶えず駆り立てられていて、それを隠蔽することがずっと巧みだったということだった。

あのときワープロに向かいながら胸に押し寄せる思いのために息が詰まりそうだった。友だちを失った悲しみではなく、Eがいなくなってはおしまいという気持ちからでもなく、ガンの細胞が口のなかを埋め尽くして死に至ったEの悲惨な最期がどうしても他人ごととは思えないからだった。人間は生きたように死ぬという、それが実感として胸をしめつけたからだった。一本のニクロム線が焼け切れてあとは虚空だけ、という痛ましさを鎮めようとしたとき、胸に浮かんだのが円環のイメージだった。

人間を黒白というふうに分ける愚かしさは承知のうえで、比較的自足した人生と、Eのように焦りに駆られつづける人生があるという気がする。たしかに科学が宇宙の神秘を分解しつくしたあとでは、人間という円を取り囲む同心円は存在しえない。だがたとえば信仰や、それに代わるものを胸に抱くことで自足し、円環を結ぶ生き方と、欲望に駆られて円が綻びっぱなしの一生とがあるのではないか。結婚して子どもができたあと、小黒さんがあっさりと専任の職をやめたとき、これからというキャリアを家庭のために放棄する彼女が理解できなかったのだが、今思えばあれは自分を守るため、自分の時間が侵食されるのを防ぐためだったのだ。そのようにして守った彼女の世界のみずみずしさが、この本の澄んだ爽やかな訳文となって伝わってくる。それが羨望に遮られることなく、素直に流れこんでくるのは、今夜の私がいつになくいい気分でいるためにちがいない……

6

「宮原氏は北條さんを尊敬している」翌朝の朝食のとき山本団長が言った。

「私も宮原さんを尊敬している」と私は言い返した。

中村さんと國原さんが昨夜は別のホテルに泊まりに行ったので、今朝は平均年齢がぐっと上がった。長老は二年前に退職された野崎茂氏、山本団長もこの三月で退職を迎える。大隅氏がそれに続き、あと山本夫人三十四さん、上野さん、私の三人が同い年で、最年少は大隅夫人の聡子さんだが、全体として見れば同世代の七人である。

「北條さんがブータンに行くと言ったら、宮原氏がじゃあぼくもカトマンズから合流すると言い出した」山本さんが言った。

似たような話を同じ場に居合わせたらしい若い人たちからも聞いていた。「きゅうにぼくも行くっておっしゃったんですよ。あのとき北條先生もいればよかった」

ウッソーと学生ならば言っただろう。事実タシチョ・ゾンで再会したとき、宮原氏は懐かしそうでも嬉しそうでもなかった。

「とにかく彼は北條さんをたいへん尊敬している」と山本さんが重ねて言った。

「私はだれにでも尊敬されるの。そしてだれにも愛されないの。悲しい人生」と言ったらみんなが爆笑した。調子に乗って私は続ける。「いつだったか、もちろん退職なさる前だけれど、川竹先生とワインを飲んだことがあったわ。川竹さんはこの大学の女性の先生たちがみんなすてきだって言うの。いちばん好きなのが小林祐子さんでそのつぎが中村ちよさんで、とずらずら名前が出てくるんだけれど、いつまで待っても私の名前は出てこない。それで先生、私はどうなんですか、って訊いたら、好きとかそういう感じじゃないって」

みんながまた笑う。笑わば笑え。私は昨夜以来ハッピーなのだ。それは昨晩の夕食のときに宮原さんが、私の文章がいいと言ったからである。昨年の秋に出たエッセイ集にネパール旅行の文章が入っていたので、東京の会社宛に送り、ほどなくして礼状も貰っていた。

「誉めていただいて嬉しいです」と私は言った。「私は人間よりも文章のほうがずっといいって、言われてます。だから文章を誉められるのは本望で……」

「いや、お人柄はもちろん」宮原さんは答えに窮したようだった。

人柄がわかるような深い付き合いではないし、人柄を誉められたらひどく居心地の悪い思いをしなければならなかっただろう。人柄を変えることは不可能だが、ことばはいかようにでも操ることができ、架空の楼閣を作ることができ、しかも作り上げたもののどこかに真実の幻影が宿って、人の心を一瞬でも捉えるようなかすかな光沢を浮かべることができるとしたら、それは私にとって息を呑むようなスリルなのだ……

食卓の話題は、野崎氏が昨日郵便局の前で、見知らぬブータンの青年に日本の総理大臣の名前を尋ねられたという話に変わっていた。

「総理大臣の名前を書いてくれって言われましてねえ。小渕と書いてやったら、名前もというので恵三と書いてやりました。どうするんだ、と聞いたら、手紙を書いてパトロンになってもらって、日本に行きたいって言っていました」

いったい日本についてその人、どんなイメージを持っているんでしょう。みなが野崎氏の話をおもしろがる。ブータンのように人口六〇万くらいの小さい国で、総理大臣は慈悲深いブータンの国王のような人で、タシチョ・ゾンのようなところでブータンの青年からの手紙を受け取って読むとか。

「ぼくがパトロンになってあげようと言えたらよかったんですがね」と野崎氏が言う。

でも一行のなかで、総理大臣の友だちみたいに見えるのは、やっぱり野崎先生でしょうね。ブータンの人もなかなか見る目があるじゃありませんか。見たことのない日本に夢を馳せて、青年は総理大臣からの手紙の返事を待ちわびるのだろうか。

——ぼくも旅先で、夕暮れの景色を引き込まれるような気持ちで眺めることがあります、と昨夜宮原さんは言った。二、三度読みました。少し読むとかならずいいところがある。文章に透明感がある。と、そんなことばだったような気がする。ほとんどの人が向こうの隅に並べられた料理を取りにいったあと、さあお二人の写真、と三十四さんに言われて、半田さんが写真を撮り、そのあとあの本の話になったのだった。弁舌さわやかという話し方ではないぶん、実意があるように感じられ、そんなふうに誉められたことはこれまでなかったような気がした。

「さすがだと思いました。ぼくの書くものなんかアマチュアだと思ってがっくりきた」

「そんなことありません」と三十四さんと私が抗議した。宮原さんのあのご本、夢中で読みました。

エールの交換？

香ばしいマサラ・オムレツがおいしくて、今朝もおかわりをする。注文をすると食堂の隅で焼いてくれる。皿からはみ出すような嵩だが、意外に軽くていい味だ。この軽さは何だろうと、焼いているのを見学に行く。フライパンにお玉じゃくしでたっぷり油を入れ、ほぐした卵を入れてその上からまたたらたらと油をかけ、その上にまた卵をかける。その上にマサラをきかせた玉葱とハムのみじん切りを入れてくるみ、要するに油でパイのような層を作っていた。マサラが土地のスパイスであるにしても、オムレツがブータンの料理というわけではなく、昼食や夕食の料理も外国人旅行者のためにアレンジされたものである。茄子と牛肉の煮込みとかチキンのカレー、ジャガ芋のサラダ、中華ふうの焼きそばなど。ただしご飯はいつも赤米である。昨夜隅の席にいたガイドの一人は、その赤米に唐辛子のような真っ赤なものをまぜ、手でつまんでは口に運んでいた。ぱさぱさの赤米はスプーンですくってもパラパラとこぼれるのに、指先でまとめる器用さに感心した。

――否、あれはエールの交換ではなかった。エールの交換をするにはあまりに違う世界の人である。『ヒマラヤの灯』というその本は山男の壮大な事業の記念碑で、エベレストのふもとにホテルと飛行場を建てるという夢のような話が、気の遠くなるような作業の積み重ねによって実現するまでが語られている。ネパールの高地のむささびの飛びかう夜道、波濤のような白い連なりを見せる山々、襲いかかるチベット犬。地上ではお役所との交渉、資金集め、機材の運搬、ホテル建設に反対のヒラリー卿との会見、厳寒のなかブルドーザーの運転。そしてついにホテルと飛行場の完成。そのどれひとつをとっても普通の人間は垣間見ることもないような事柄の連続だが、私がもっとも心惹かれたのは、山に魅入られ山に挑んで、死と隣り合わせの状況に身を置くときに生命の燃焼感をもっとも鮮烈に味わうことのできる登山家のメンタリティともいうべきものだった。それにくらべれば、ホテルの建設も飛行場のための岩山の爆破もささやかな代用品でしかない。ましてことばは遠い記憶のこだまでしかない。

食卓の話から察すると、どうやら今夜も宮原氏の一行と一緒に食事らしかった。登山家には、世界の円環の芯ともいうべきものに触れる瞬間があるのだろうか。宇宙を吹き渡る風や山頂に響くなだれの音。そういう話が聞きたい。未知の世界に触れた人の話が聞きたい。せっかくカトマンズから来たのならば。

7

今夜の宿泊地のパロに向かう前に、ブータンの民族舞踊を見ることになっていた。その会場への途中、丘の裾野にバザールがあって、バスはその前で一時停止した。簡単な屋根の下に、通路から一段と高くしつらえた広い場所が売り場で、本格的に市が立つのは翌日からだという話だったが、売り場や通路にはすでに野菜が山積みにされ、商いもおこなわれていた。ジャガ芋、苦瓜、さやいんげん、南瓜などは日本のものと同じかたちだが、さやいんげんを少し短くしたような茄子や、枝分かれした足を思い思いの格好にねじ曲げて賑やかに猥褻な小ぶりの大根はおもしろかった。漂っている異臭の源は樽いっぱいの、例のビンロウジュの実である。ブータンのお茶もあった。ビニール袋につめた葉のほかに、タン茶というきのこのかたちに固めたお茶もあり、これを削って煮出すのだという。それに岩塩とヤクの乳で作ったバターを入れてチベット茶を作る。お茶というよりスープのようなその飲み物が、ブータン人の大好物だとガイドブックに書いてあるが、一昨年ネパールに行ったとき一口飲んで、私は懲りた。だが記念にタン茶を買った。帰ってから見せると、お茶だとわかる人はいなくて、なかには動物の排泄物ですか、と言った人もいた。お茶にかぎらずチーズも乾燥させて高野豆腐のようにしてあった。タン茶もこのチーズも、このように軽いかたちにして運搬を楽にするのはチベットの遊牧民のやり方なのだそうだ。

民族舞踊の会場は山裾の平地を低い塀で囲った長方形の広くて白い床だった。塀を背に椅子が並べられ、われわれと宮原氏の一行だけが観客である。真正面に木製の衝立のように見える出入口があり、その向こうの草地が楽屋らしい。はじめに一人の青年がわれわれの前に立って、ブータンのギターを弾きながら歌をうたった。それから向こうの木の衝立の影から出てきた男性が鐃鈸《にょうはち》を打ちあわせ、ジャーンという音の響くなか仮面をつけた数人が輪になって踊りはじめた。仮面は骸骨の面で後頭部に黄色の布をかけ、白装束の上から赤、ピンク、緑、黄色の布を垂らして、裾に風をはらませながら踊り、ときおり裸足の足が驚くほど高く飛び上がる。次の踊りでは仮面が大きな角をつけた動物に変わり、バグパイプのような長いホルンが楽器に加わって地を揺るがすような音を響かせ、かと思うと趣向が変わってゴとキラにたすきをかけた男女の列が向き合い交差しあってフォークダンスのようなものを踊った。仮面の踊りにはいずれも仏教的な意味があるらしかった。ゴとキラの男女の踊りは歌垣の名残りのようでもあった。四角く切り取られた白塗りの土間はまぶしく人工的で、とりどりの色の衣装はぴらぴらと揺れる。塀の向こうに青く霞む山の緑や、その上をゆっくりと進む雲を背景に、本来の場所で踊られたときには、どれほど魔術的で深遠な踊りであったことだろうか。ホルンの響きはどれほど重々しく山々にこだましたことだろうか。

最後のフォークダンスのような踊りは幸運を呼ぶ踊りだから加わるようにとガイドに言われて輪のなかに入ったが、見ていると簡単そうな手足の動きは、案外複雑でまごまごしているうちに終わってしまった。終わるとミニチュアの仮面や歌のテープがお入り用の方は、と品物が回ってきて、こういうところは観光客相手の商売を心得ている。骸骨を頭のまわりにいくつもつけた賑やかな赤鬼の面とテープを買った。

会場の横に建物があり、そこは民族舞踊の訓練のための学校だという。パロに行くバスに乗る前に、トイレはあそこです、と学校の裏にある建物をガイドに教えられて、おそるおそる寄ってみると、案の定先に消えた上野さんが「きゃっ」と声をあげている。行ってみると仕切りの土間の上に蓋をした赤い巨大なポリバケツがあるだけ。まさか、まさか……とそのバケツを前に二人が想像したことは同じだっただろうか。その奥にもうひとつ仕切りがあるのに気がついて、覗くとそれにはいかに原始的であるにせよ、トイレの構造があった。「あの手前のは男性用なのね」という結論に達したが、それにしてもあのバケツは……と言いかけて、二人が想像したことは同じだっただろうか。

あとで聞いたところによれば、そのバケツをどけると下に穴が掘ってあるのだという。じゃ、あのバケツは何……という追及はもうストップ。帰ってから写真を見せあうと、國原さんのカメラにはそのバケツの場がおさめられていて、まあ、わざわざ？　と言いかけたら、だって扉が開いてたんです、と彼女は口をとがらした。ガイドの説明によれば、そのトイレはダンスの教師用で、生徒用のものよりはずっとよいという。ヒマラヤ山系から流れる水は豊富な国なのだが、設備の技術がないのだろうか。否、それ以前に、排泄とかトイレについての観念がわれわれとまったく違っているにちがいない。

パロへの道はおおむね来たときと同じ、山沿いに急カーブが連続した。一ケ所、来る道では気づかずに通りすぎた検問所があり、大きな遮断機が下りていた。悪魔（デヴィル）を遮るための検問というふうにガイドの説明が聞こえたのは、仮面の舞踏や鐃鈸が醸し出す仏教的雰囲気に知らずのうちに呑まれていたせいもあるだろう。インドからの人々の流入を防ぐためにドライバーの検問がおこなわれているそうです、と上野さんが通訳した。ドライバーがデヴィルと聞こえるように、音が伸びないで重なるのがブータンの人たちの英語の特徴で、インド人の英語と似ている。

二日前に見たときよりもパロの河原の柳の柔らかい緑は少し厚みを増したように感じられた。桃のようなピンクの花をつけた木が川原に点在し、麦の畑が山のふもとに広がり、心がなごむ。マイクロバスはそれを抜けて小高い丘を登った先の、ブータン最古の寺だというキチュ・ラカンに向かった。経文旗の並ぶ石畳の左側に低い藤棚があって、ちらほら藤の花が咲いていた。その先の右手に仏塔と屋根が三重をなした簡素なお堂が現われ、その奥が中庭だった。たまたま王室のだれかが参拝中ということで堂のなかには入れなかった。

ガイドブックには、この寺は「ブータン人にとって有数の霊場」とある。だが鳥や獣や龍を図案化したひさしの下の装飾も、ベッドカバーのような布を垂らした入口も、余ったクリームをスポンジケーキの台の側面に塗りつけたような階段わきの漆喰も、金柑のような小さな実をいっぱいにつけて立つ大木も、すべてが農家の庭先のようだった。ガイドブックを開いていると、土地の人らしい中年の男が覗き込んでそのページの写真を指さし、土地のことばでしきりに話しかける。どうやらガイドブックの、その写真の隅に写っている老婆を知っていて、彼女が本に載っていることがおもしろくてたまらない、ということのようだった。

石畳の通路のわきに暗渠のような凹みがあって、水のないその砂地に、真っ黒な子犬が薄茶色の母犬の体に顎を埋めて寝ていた。母犬の呼吸に合わせて丸い小さな体が上下に動く。痩せた母犬の悲しげな顔がむやみに切なくて、ヘリコプターにドッグフードを満載してブータンの犬たちの上にばらまきたいと思った。

いったん町に出て遅い昼食を済ませてから、今度は反対側の丘の上にある国立博物館に行き、帰りに農家の見学をかねてアシスタントガイドのツェリン青年の家に寄り、それで予定のプログラムのすべてを終えた。博物館は立派なゾン（城）として造られた建物のなかにあった。最上階には生まれてはじめて見る立体曼荼羅というものがあった。四面に曼荼羅の絵柄を彫像にして配したもので、この場合には四面はチベット仏教諸派の仏像から成っている。ネパール旅行のときに発見して驚いた男女の歓喜仏もあって、華やかにきらきらしたいくつもの体がひとつの面を埋めていた。博物館などをくまなく見る習慣のない私はその曼荼羅だけで満足して、あとの仏像、タンカ（仏画掛軸）、衣装、什器、切手などの展示品は散漫な見方をしたが、途中停電で真っ暗になると迷路のように入り組んだ通路をどう進んだらよいかわからず、ただもう外に出たくなった。幸い電気はすぐついたが、せめてカタログを、と立ち寄った売店では、係の人らしい二、三人が、カタログの入った戸棚の鍵を持った人がいないと言った。そんなふうにたむろしていないでさっさと鍵を持った人を探しにいったらいいでしょう、などと言ってもはじまらないのだろう。

博物館を出るころから雨が落ちはじめて、ツェリン青年の家に着くころにはかなりの降りになっていた。ブータンの家の常として住まいは二階以上である。椅子の文化ではないので、部屋は周囲に棚があるだけだったが、その棚の上に電気ポットやトランジスタ・ラジオ、台所には電気炊飯器もあり、コードが思い思いに壁を這っていた。ガイドという外の世界に触れる仕事は、一般の人々より収入もよいのだろう。たとえばメモリアル・チョルテンの、あのお遍路さんたちの家にこういう電化製品があろうとは思えなかった。奥まった部屋はひとつの壁面ぜんぶを仏壇が占め、水を供える金色の容器が所狭しと並んでいた。ネパールと同様、この国でもめったに見ることのない猫が一匹飼われていた。宝石という意味の名前なのだそうだ。

街の中心部に近い今夜のホテルは見晴らしのよい丘の上にあった。ホールで温かいお茶を飲んで一息つく。窓からは斜面をなす松林の向こうに平地一帯が見渡せた。仮面舞踊のあとは別行動の宮原氏の一行に合流するべく、夕食にはわれわれが宮原氏らのホテルに行くことになっていたが、暖かいホテルに入ったらみなの気持ちが変わって、三人に頼んでこちらのホテルに来てもらうことになった。

8

別れてそれぞれが部屋に入ってから、どの部屋もお湯が出ないという問題があって、ひとしきりフロントとやりとりをしたあと、お湯は夕食後までは出ないことがわかった。暖房はここでも例のヒーターである。窓から松林の斜面が見渡せる部屋は、暖まるまで少し時間がかかったことを除いて快適だった。

このホテルにもティンリーさんが支店を出していて、彼女の縁者だという若い女性が働いていた。店の前では別の若い女性が床に腰をおろし両脚を前にのばして、機織りの実演をしていた。

そういう人たちといつ話をするのだろう。上野さんも、もちろん中村さんも國原さんもいろいろな情報を得てくる。ガイドがこう言った、売店の人からこういう話を聞いた、というふうにいろいろ話してくれる。たとえば帰りの成田エクスプレスのなかで、上野さんはホテルの売店担当の娘の話をしてくれた。上の学校に行こうと思ったが試験がうまくゆかなかったので進学はあきらめたのだそうだ。

「もう一度やってみたら、って言ってみたけれど、そういう気はないみたい。試すのは一度だけと決めているみたいね。でも日本でも昔はそうだったんじゃないかしら」

たしかに、男の子はいざしらず女の子が大学受験で浪人するのは私たちの時代には稀だったかもね、と私は口をはさんだ。

「駄目だったら何回でも試せばいいんだ、と私が思うようになったのは、アメリカに留学してからよ」と上野さんは続けた。「人はそれぞれ持っている条件もそのときの状態も違う、だからみなが同じようにうまくゆかないのは当然じゃない？　だからチャンスは一度だけじゃなくって何度でもあるのだし、一度駄目だったからといって悲観する必要はないって、アメリカで生活するうちに思うようになったの」

アメリカ社会のモビリティとブータンの閉塞性。それに平均寿命が長い国で先々の準備のために使える時間と、平均寿命が五〇歳の国のそれとでは、当然異なっているにちがいない。だが少しずつ水の滴が岩を穿つように、外国の影響がしみ込んでゆき、やがて人々の生活に変化がもたらされるとき、たとえば日本の総理大臣に手紙を書くという青年のようなナイーヴな感性は幾多の試練を経ることだろう。

売店担当の女性は、キラと呼ばれる女性の衣装の着方も実演してくれた。布を胸から下に巻き付けてコマで前身頃と後身頃とを連結する。細い帯をウエストに巻いて、その上からブラウスに似た上着を羽織る。コマとはブローチ状の留め具がふたつひと組みになったもので、鎖状の両端についた留め具を背中と胸のキラにさして連結する。ジャケットの下に隠れてしまうが、多様なデザインのコマはおしゃれのポイントなのだろう。キラとジャケットの色の取り合わせもむろん大事なのだが、男性の衣装のゴのように白い部分がないせいか、全体に女性の服装の色彩はやや重苦しい。それに丈が膝までのゴのほうが、はるかに活動的である。

上野さんはコマを買い、ロビーでふたつの留め具をはずすとひとつを私に渡した。「これはあなたに。ブータンに誘ってもらってよかったわ。これ、記念にね」

銀製でふたつの正方形を組み合わせたデザインはまわりについた装飾のために、全体として円のかたちをしている。私はお守りのようにそれを両手で包んだ。

宮原氏の一行が到着して、夕食の細長いテーブルについたのは女性七人に男性五人。こういう場合、ほどよく交じりあうことはできにくくて、テーブルの左半分は男性、右半分は女性という配置になった。いつものようにバイキングスタイルで、食堂の隅に並べられた料理をめいめいが取ってきて食べた。話もいつしか男組と女組に分かれて弾み、二時間ほどしてお開きになった。挨拶が行き交うなかで宮原氏はだれにともなくお辞儀をして背を向けた。

「宮原さん」私は廊下を歩いてゆく後ろ姿を呼び止めた。「ご挨拶をしようと思って」

「はあ」と彼はまたお辞儀をした。

「どうぞお元気で」と私は言ったような気がする。

部屋に戻るとカーテンを引き忘れた窓の外は雪になっていた。大きな雪ひらが、窓に切り取られた空間を一面に埋めていた。食堂で脚や膝のあたりが冷えるように感じたのは、この雪のせいだったのだ。洗面所ではお湯の蛇口から水が流れっぱなしになっていた。夕食前、お湯が出る、出ないのやりとりのさいに蛇口を開け締めしたとき、うっかりして締めるのを忘れたのだ。たぶん規定量のお湯が流れて、そのあと水に変わったにちがいない。お風呂に入れないということよりも、貴重なお湯を流した自分の不注意がひたすら申し訳なかった。

いったんつけた電気を消して、私は窓辺で雪を眺めた。これほど暗い闇のなかに、これほど多くの雪が舞うのを見るのは初めてだった。楽隊が演奏をやめて舞台から下り、観客たちも立ち去ったあとのような沈黙のなかで、頭のなかだけがざわざわ鳴る感じがあった。これきり、これきりもう、これきりですかアー、と声を張り上げて歌う歌手がいたと思った。あれは恋の歌ではない、切ないのは恋とは限らない、と思った。山男の社長さんは、雪崩の音や風の記憶を寡黙のなかに包んだまま、カトマンズに帰ってゆき、われわれ一行は東京に戻り、もう会うことはないのかもしれない。

過去の雪の記憶が点滅した。あれはボストンの大雪の夜にMITのキャンパスに小津安二郎の映画を観にいったときだっただろうか。終わって車に戻るとき街頭の光に照らされた雪が無数の銀の破片のようだった。それからチャールズ川の橋を渡るとき、黒い水の表面と対岸の明かりのきらめきと雪の舞いとが、声をあげたくなるような幻想の空間を作り出していた。あれはすべて都会の雪、都会のネオンや街灯と競いあう雪だった。きらめきながら落ちるそれらの雪のなかを通りぬけて、記憶は最後にジェイムズ・ジョイスの短編「死者たち」に辿りついた。「死者たち」の最後で、主人公ゲイブリエルを切なく重く閉じこめながら、アイルランドの暗い大地の上にひそやかに降る雪に。窓の外の雪と二重写しになって、最後の数行が心に浮かんだとき、あたかも天啓のように、雪がひらひらと自分のなかにも舞いはじるのを私は感じた。

私の人生が円環のかたちを描くことがあるとすれば、それは雪ひらのように、繭の糸のように、自分の繰り出すことばが私を閉じこめ、円の芯が存在するかのような幻影を私に与えるときではないか。それ以外の自足も、それ以外の幸福感もありえない、という予感が私の意識の地平をうっすらと白くした。そして少しずつ雪が溶けて水が染みこむように私のなかの一切のざわめきを鎮めた。

窓の外で雪は小やみなく落ち、近くの松の木はもう綿菓子のような衣を着ていた。小さな国ブータンをいたわり優しく包んで、雪ひらはあとからあとから落ち、私は眼のなかまで白く染まるような陶酔を受け止めながら、明日の朝パロからの飛行機は無事に飛び立てるのだろうかと心配をはじめた。

イタリア二人旅行

地球全体とその上に住む人々すべてに照らすならば、一人の人間は砂粒ひとつにも等しいであろう。そんな砂粒のひとつが東京から移動して、アメリカ東海岸から移動してくる別の一粒と特定の地点で落ち合う。メールでやりとりをして打ち合わせた結果としてあたりまえのことにはちがいないが、ふたつの砂粒が広い地上の一点で確実に出会えることに私はいつも感動する。落ち合う場所はケンブリッジのカム川沿いの私の下宿であったり、ハーヴァード・スクエアのカフェであったり、一緒に北京に行くための成田空港の出発ゲートであったりした。今回はローマのテルミニ駅に近いホテルがその場所である。

三月二四日の深夜、タクシーでそのホテルに着き、エレベーターを四階で下りるとすぐ横にその部屋があった。ノックして名前を言うと扉が開いて、浅黒くて細くて、年かさの妖精のような彼女Kが本当にそこにいた。私のなかに小さな明かりがぽっと灯る。

Kは今顔を洗ったところという様子をしている。ミラノで乗り換えの飛行機がストライキで飛ばなくなり、ミラノ市内までの無料の交通が提供されて日中はミラノで過ごし、今さっき到着したのだという。「私もミラノで二時間以上機内で待たされた。過密フライトで飛ぶ指示が出なくて」と私も到着までを話す。ミラノから上品な初老の女性が孫らしい女の子を連れて隣の席に座ったのだけれど、飛ぶのが遅れるというアナウンスがあった途端、その人立ち上がって、斜め横にあったギャレーの食料庫の鍵を勝手にはずして引き出しをあけてナッツやビスケットの包みをがさがさ取り出した。孫に食べさせて自分も食べ、また立ち上がって取り出してハンドバッグのなかにがさがさ詰め込んで、うしろの席のイタリア人たちにも略奪を勧めたものだから、食料庫は次つぎに襲われて、引き出しひとつはあらかた空になったみたい。食べたあとの包み紙は始末して澄ました顔をしていた。そのせいだと思うけれど、飛び立ってから飲物とお菓子をお出しします、ってアナウンスがあったのに、配られたのは飲物だけ。足りなくなっているのがわかったから、ナッツやビスケットは配るのやめたんだと思う。ね、イタリア人ってみんなあんなふうなのかしら？

食の恨みを述べ立てていると空腹を感じた。まだあいている店があるかもしれない、と彼女は言ったが、眠気が津波のように襲ってきた。Kが持っていたビスケットを食べ、最低限の荷解きをして風呂に入り、窓側の方のベッドに倒れ込んだ。

ローマ　1

木の床のバンガローふうの、小ぢんまりした食堂でバイキングの朝食。八時ごろに下りてゆくと客は数人で、絵葉書を書く老人、ことば少なに食事中のカップルなど、静かである。木の枠に格子をはめこんだ東洋的な窓の外の小さな庭に竹が植えてある。

一角に並べられた食物もバイキングという名のような賑やかさはなく、幾種類かのジュースにパン、シリアル、ハム、チーズ、コーヒー、果物、デザートなどが地味に並んでいる。だがそれぞれ質がよく、コーヒーは熱く、Kが予約したこのホテルはよい選択だった。

目と鼻の先にあるサンタ・マリア・マッジョーレ大聖堂から観光を開始した。通りには安売りの靴やバッグの露店が出ていて、東京の商店街のようだ。

灰色の外観はむしろ平凡な感じの大聖堂は、内部が息を呑むように優美だった。両側に立ち並ぶ大理石の柱の上の壁や祭壇の上のアーチを飾るモザイクは五世紀のもの、レリーフはルネサンス期のもの、とガイドブックに教えてもらいながら見上げる。だがそのようなディテールよりも、大理石の彫像や柱や壁の、白、茶色、青みがかった灰色の醸し出すハーモニーが高い天井の下の空間を暖かく埋めている、そのふわっとした雰囲気がすてきだった。圧倒的に灰色で、荒涼とした寒さのただようイギリスの寺院とは違う。側廊の天井には白地に金で円と星を組み合わせた模様が流れるように続く。時代も様式もさまざまのようだったが、ゴシック的な厳しさはどこにもなかった。

右の側廊には金色に輝くシスティーナ礼拝堂がある。イエスを抱くマリアのイコンを四方から金色の天使たちが力強く支え、左右に並ぶ大理石の柱のまわりにも頭部にも金色の細工がほどこしてある。きらめく無数の粒子が降り注ぐような空間で、天上の国はこのようなものだと想像するのはなんと容易なことだろうか。

カトリックはいいなあ、と思う。殺風景で禁欲的で、それゆえに偽善を生むプロテスタントにくらべて、カトリックは地上と天上のあいだに広い連絡通路を与える。マリア様に捧げる蠟燭も、会堂の隅にいくつかある告解のブースも、その装置だ。三〇年ほど前と違って、蠟燭は小さな電球となり、お金を入れると一本が灯るようになっている。こびりつく蠟を掃除する手間を省くためだろう。風情はなくなったが、明かりの灯る細い電球の数は依然多い。

お揃いの黄色いバックパックを背負った団体が聖堂の椅子にかたまって座り、ギターに合わせて聖歌を合唱していた。この一行はその後、ほかの聖堂でも見かけたから、ローマの教会めぐりをするツアーなのだろう。

これがイタリアだ、という雰囲気に包まれたあと、サンタ・マリア・マッジョーレを出るときはもうかなり満足していた。テルミニ駅のそばを通って共和国広場に出ると、人魚に似た乙女たちが水を噴き上げている大きな噴水の向こうにローマ時代の廃墟の壁とおぼしきものが現れ、あれはサンタ・マリア・デッリ・アンジェリ教会、とガイドブックの記述と結びつく。古代の浴場跡のバジリカを生かして、ミケランジェロが設計したという。分厚くずんぐりとした入口の壁の印象を裏切って、広い身廊ととてつもない天井の高さに呑まれた。教会の奥の建物にローマ国立博物館の一部が展示されていて、ここは四年前のクレタ島旅行の途中に立ち寄って、ニオベの娘の像を見た場所である。ニオベの娘はそのときと変わらず天を振り仰ぎ、体をよじって嘆いており、入口近くの巨大なミネルヴァの像も相変わらず黒い髪の下で陰気な顔をしていた。

Kも私も展示物をくまなく念入りに見るタイプではない。頭部や下半身の欠けた大理石の像は、おそらく着衣の襞の彫り方の変化などを見るべきなのであろうが、すいすいと素通りし外に出て、気がつくと国立博物館の別館のマッシモ宮に来ている。時差のせいで、眠くはないが頭がぼうっとしている。そのあいだ、古本を売る屋台が立ち並ぶ道を歩いた気がする。マッシモ宮にはさらに多くの古代彫刻があった。あるひとつの彫刻の、顔を伏せて横たわる大理石の美女のほっそりした体が、実は美男でもあることを発見して私は色めきたった。

「この彫刻、両性具有ですよ。向こう側に回って見てごらん」とKに教える。

「ほんとだ。最初見たとき何かくっついてるとは思ったんだけれど」と戻ってきたKが同意した。

モザイクが展示してある二階だけは、説明のツアーに参加せよという指示があって、指定の時間まで間があったので、いったん外に出て角のカフェでお茶を飲んだ。サンドイッチが切り口を客に見せて、つまりはさんであるものが一目瞭然のかたちで陳列してある。チーズとマッシュルームのサンドイッチを注文すると温めてくれて、なかなかおいしかった。Kはお茶だけ。ある種の蛋白質に過激な反応を示す体質のせいもあって、彼女はできるかぎりカフェやレストランのものを食べない。その習慣に順応するのに私はかなりの年月を要した。

モザイクは退屈だった。古代の立派なモザイクを前に、イタリア人のガイドが英語で年代や出土した場所などを説明してくれ、小さく砕いた石で大きな壁面を埋める気の遠くなるような労力にも、穏やかな色の調和にも、固い石で人間の顔や動物の体の曲線を作る高度の技術にも感心するが、見るよりも作るほうがおもしろいにちがいない。一時間足らずのツアーを終えて外に出ると、美術品との対面はもう十分という気分になっていて、そういう気分の波長は不思議なほどKと一致する。

「買物に行きましょ」とKが言い、私は気持ちを読まれた気がした。

ふたたび共和国広場に戻り、ナツィオナーレ通り、クワトロ・フォンターネ通りをとおって、ショッピングの場所だというトリトーネ通りに出る。複雑に交差する細い道をたどれば広場に戻らずとも、もっと短い距離で行けるのだろうが、地図と首っ引きは面倒だし迷いこむ可能性も高い。それで「火傷コースで行きましょ」というのが二人の合言葉である。正体不明のでき物の治療方法を知らない藪医者が、火傷の手当てならわかるとばかり、でき物に火箸を当てて火傷にしてから直そうとしたという話がその由来で、つまりよくわかった地点を拠点にする方針である。

ローマは舗道もモザイクで、四角い石が扇形に埋め込んである場所が多い。表面の凹凸はかなり歩きにくく、低いヒールの靴を履いた私の足は、あちこちの筋が痛くなってきた。だが、道を行くイタリア人の女性たちはかなりの年配でもみなヒールのある靴を履いている。

服装は予想を裏切ってコンサバティブで、ショーウィンドウには今年の流行色らしいピンクやライラックのバッグや洋服が並んでいるが、行き交う女性たちの装いは全体に黒っぽい。そこに鮮やかな色のスカーフをあしらったり、靴とバッグの色を明るくするなど、なかなかおしゃれである。日本の四月ごろの陽気にしては厚手のコートの人が多く、なかには毛皮を着込んだ人もいて、南国イタリアの人たちは寒さに弱いのかもしれない。

私の目当ては布地だった。トリトーネ通りで大きな服地屋に入ると、立派な服装で紳士然とした中年の男性店員が怪訝そうに片言の英語で対応しながら、これがアルマーニの新柄です、と一巻きの布地を棚からおろした。薄いグリーンの地にグリーンの濃淡で花模様があしらってあるその布地が一目で気に入った。その反応を見ると相手の対応は一気に熱を帯び、次々に布を繰り出し、両手を広げて片言の英語を連発しはじめた。こげ茶に近いオリーブ色の地に着物の柄のような花が薄い茶と鮮やかなブルーで描かれたシルク、暖かな鴇《とき》色の厚手の布、淡い赤紫を基調にしたオーガンディふうの布……どれを買おうかと見くらべながらひとつひとつの布のディテールを頭に刻む。これと同じくらいの素早さと正確さで、たとえば古代のモザイクや彫刻のディテールを吸収できないのはなぜだろうか。おそらく本物の学者はそういうことのできる人なのだ、とにわかに恥ずかしくなる。買物をしてようやく、初対面の挨拶を終えたときのようにリラックスする私は悪名高い日本の旅行者の一人にちがいない。

買ったいくつかの布地を例の紳士風店員が包んでいるあいだ「もうこれで買わない。一生何も買わない」と宣言すると「故宮でも同じことを言ってましたよ」とKが笑った。ローマのシルクは故宮で買ったものとは段違いにすてきである。いくつもゼロがつくリラの数字は驚異的だが、換算すれば日本で買う二分の一、否、三分の一ではないだろうか。

買物熱を煽ったのは、飛行機のなかで読んだ一冊の文庫本、筒井康隆『フェミニズム殺人事件』という推理小説だった。現在、勤め先の大学に付属する女性学研究所の所長である私は、一種の義務感からフェミニズムという文字を見るとその本に手を伸ばす。女性の自己主張が身につける高級ブランド品というかたちをとる場合、彼女はそうやって消費文化に組み込まれ、結果として資本主義的家父長制に加担するのだ、という重い問題提起が含まれたストーリーだったが、三人の美女とともに高級ブランドの洋服の描写を満載した小説でもあった。重い問題は棚上げにして、私は華やかな衣服のイメージに影響を受けたことになる。

クアトロ・フォンターネ通りの国立古典絵画館に寄ってゴヤの特別展示や昔の宗教画を見てから、食料を買った。小さな路地に食品で満杯の店があった。最近ボローニャに旅行して以来、Kがとりこになったというパルメザンチーズを、巨大な塊からゆうに三キロはありそうな分量を切り分けてもらい、もう一種類ひょうたんの形をしたチーズと、ハムとサラミの合いの子のような肉の加工品、パン、オレンジ、それに赤ワインのキャンティ・クラシコ・リゼルヴァを買いこみ、大きな重い荷物をKが抱えこんだ。彼女はテニスで鍛えた驚異的な筋力の持ち主である。体の大きいほうが軽い荷物なので私はいつも体裁の悪い思いをする。

ホテルの部屋のベッドの上に買ってきたものを広げ、Kがスイスアーミーナイフを取り出して宴会をした。パン屑などが落ちるので「湯あげタオルを広げよう」とKが立ち上がった。アメリカの生活のほうがはるかに長いKの口からはときどき妙な日本語が飛びだす。「釜揚げうどんじゃあるまいし、湯上がりタオルと言うんですよ」と私が一本取る。

パルメザンチーズとキャンティ・クラシコ・リゼルヴァとの組み合わせは絶妙だった。さっぱりとシャープで、しかも舌に残るまろやかな余韻のワインを重ねると、胸のあたりが幸福感で包まれるようだった。これなら飲める、とKもワインを三センチほど飲んだ。ハムもおいしいが、生肉に塩をすり込んだような活きのよい味わいがあって大量に食べることはできない。ひょうたん型のチーズは淡白な味で、パルメザンのあとではアンタイ・クライマックス。結局、パルメザンのかけらとワインを交互に口に運び、まなこも心もとろんとして、買物のうしろめたさが溶けていった。

夜中に雨の音で目を覚ました。ベッドの上に起き上がり、自分の側の電気をつけて、キャンティを飲んでいると「起きてるの？」とKが寝言のような声を出した。

「ローマで雨を聴きながら、キャンティ・クラシコ飲んでます」私は言った。「これって演歌になるじゃない？」

「隣はスウスウ寝ています」と言うと、Kは寝返りを打って本当にスウスウと寝息を立てはじめた。

眠れぬままに、私は今度の旅行のひとつのきっかけとなったジョージ・ギッシングのことを考えた。彼の南イタリア紀行『イオニア海のほとりで』の日本語訳『南イタリア周遊記』（小池滋訳）はスーツケースのどこかに入れてあるはずだった。貧困からようやく解放された時期に、ギッシングは三度イタリアとギリシアを旅行している。三度目の旅行では、憧れてやまないギリシアの名残を――正確には大ギリシア時代の廃墟を――求めて、草深いイタリアの最南端の、イオニア海に面したいくつかの土地を訪ねた。この本はそのあとで書かれたものだが、途中熱を出して寝込んだり、宿屋のひどい食事に悩まされたり、快適とはほど遠い旅の様子を伝えている。どうして店でおいしいワインを探さなかったのだろう。それにだれか友だちを道づれにしていたら心強かっただろうに。

ローマ　2

ヒールのある靴はやめて、ウォーキングシューズとズボンに替えた。夜の雨は上がり、昨日の疲れも消えてどこまでも歩いてゆけそうな朝である。紫がかった茶色のレインコートの首からえんじのチェックのマフラーを垂らしたKは、紫を帯びた口紅をつけ、それが小麦色の顔にきれいに合っている。

「時差だか何だか知らないけれど、昨日はどうかしてたんじゃない？」Kが言う。「あなたが言う方角は全部逆でしたよ。当てにならないとつくづく思った」

しかしKについて行けば万全というわけでもなく、行き過ぎたり、お巡りさんに尋ねたりして、ようやく目指すヴェネト通りに入ることができ、緩やかなカーブを描く広い通りを行くとやがて左手に「骸骨寺」として知られるサンタ・マリア・インマコラータ・コンチェツィオーネ教会が見えてきた。

日曜日なので会堂ではミサがおこなわれていた。会衆はぎっしりと座席を埋めており、応唱の声も力強かった。そこを出て別の入口から地下に入る。昔の修道僧たちの墓地というべきか、彼らの骨の展示場というべきか、テレビに写し出されるアウシュヴィッツの光景を除いては見たことのない多量の骸骨がそこにあった。

　狭い通路の左側に五つの部屋がある。通路の天井に貼り付けた装飾も、提がっているランプも、ことごとく人骨を集めて細工したものである。五つの部屋で使われている骨はさらにおびただしく、頭蓋骨を集めたアーチ、腕の骨を積み上げた暖炉風の枠組み、部位不明の骨が埋める祭壇ふうの正面。骨は部位ごとに仕分けされ配置されているので、一人の人間の頭は天井に、肢体の一部は最初の部屋に、残りは次の部屋に、喉仏は最後の部屋の棚に、というふうに散り散りなのだろう。出来上がった骨の芸術よりも、その作業の過程がグロテスクに思えた。僅かに幸運な数体が、解体をまぬがれて修道士の頭巾と衣を着けた姿で部屋の中央に立ち、あるいは壁の窪みに横たわっている。

　肉体は魂の仮の住処というコンセプトがあってこそ、この死者にたいして非礼とも言える骨の展示が可能なのかと思えたが、ある部屋の地面には「あなたがたもやがて私たちのようになるのです」という意味のことばを数か国語で書いた板が立ててあり、「私たち」は天国にいるはずじゃないの？　と思う。やがて骨になるのが運命だとしても、こんなふうに展示されるのは気の毒なことだった。

内部の写真撮影は一切禁じられていたが、建物を出て向かいの道路から教会全体をカメラにおさめようとすると、まだ芽吹かない高い木の灰色の枝さえ骨のようなシルエットでその前景に入ってきた。

それからボルゲーゼ美術館へ。ボルゲーゼ公園に入ってから、新緑の木々の下に張られたマラソン用のテープを幾度も潜りぬけ、幾度か人に尋ねてようやく行き着いた。ガイドブックによれば予約が要るということだったが、オフシーズンのせいだろう、一時まで待てば入れることがわかり、前庭の白い石のベンチで朝食のテーブルから取ってきた、カスタードクリームのたっぷり入ったドーナッツを食べた。

豪華な装飾が天井と壁を一ミリの余白もなく覆いつくした大理石の館、ボルゲーゼ美術館は一七世紀のボルゲーゼ枢機卿の邸で、その美術品のコレクションが展示されている。入口で借りたイヤホンガイドが主に部屋の中央に置かれたベルニーニの彫刻を解説するので、もっぱらそれに目を向ける。圧巻は「アポロンとダフネ」だとその解説が言う。アポロンに追われ捕らえられたダフネが月桂樹に姿を変えるその瞬間を、白い大理石で表現している。アポロンから逃れようと宙に飛び上がらんばかりのダフネの足元を月桂樹の樹皮が覆いはじめ、体をよじり天にさしのべた手の指先には小枝が生えかかっている。激しい動きと息詰まる変化の姿でありながら、それが形の暴力的な破壊に向かわず、全体としては典雅で優美な作品におさまっていた。大理石という静かでなめらかな光を帯びた素材によるところも大きいのだろうか。ドラマティックな設定のなかで、体をひねりねじった曲線はベルニーニの他の作品も同じで、ローマ・バロックという様式の特徴が少なくとも表面的にはよくわかった。

昨日国立博物館で見た、例の両性具有の像もあった。横たわっている大理石のマットレスはベルニーニによるものだという。ここでは男性でもあることが見えないような角度に置かれていた。

枢機卿のコレクションとしては、キリスト教とは馴染まないギリシア的主題のものが多いが、芸術的価値のゆえに許容されたのだろうか。法王が私生児をもうけたりしていたのだから、それとこれとは別という前提があったのかもしれず、カトリックの寛大さは相当のものである。もちろん宗教画も多く、バッサーノの「最後の晩餐」やラファエロの「キリストの降架」などを、イヤホンガイドに導かれて詳しく眺めた。

外に出るとほっとした。館の圧倒的な装飾やおびただしい彫刻、絵画のあとでは素朴な公園の眺めで目が安らぐ。公園の境界であるローマ時代の分厚い壁をくぐると、外は西暦二〇

○○年の街路である。少し行くとスペイン階段を見下ろす地点に出た。
どこから集まったのかと思うほどの、大部分は若い旅行者たちがその階段を埋めていた。何かの御利益があるわけでもないのだろうが、ローマに来たからにはここに座らねばならぬ、という感じで階段に座り込んでいる若者たちのあいだを縫って降りると、警官の姿がちらほらと目についた。ロンドンの威厳あるお巡りさんとくらべると、背が低くて町のお兄さんふうである。うようよしているにちがいないスリにやられないうちにとスペイン広場を立ち去り、ホテルの方角に行くとトレヴィの泉に出たが、ここも人がひしめいていた。

よく歩いたなあという感じになってきたころ、とある街角で道の奥をふさいで立つ巨大な灰色の建物が目に入った。おお、あれはコロッセオ。一瞬迷ってから見にいくことにした。近くに見えた建物は歩くにつれて遠のくようだったが、とにかく歩き通した。ローマ時代の派手ないでたちのモデルたちが観光客と写真を撮っているそばを通り、定められた入口から入って階段を昇ると全景を見渡す位置に出て、その巨大さ、柱の太さ、壁の厚さ、その全体を人々が埋めた時代の遠さを前に、ただ、おお、おおと言うばかり。床部分が失われたために入り組んだ迷路のような仕切りが見え、そこには血に餓えた獣や囚人たちが入れられていたにちがいない。クレタ島で見たアクロポリスの半円形の野外劇場と違って、これは閉じた空間である。崩れた部分のおかげでこの廃墟には閉塞感がないが、完全なかたちの時代には強大な権力がグワーンと響くような場であったのだろう。黄色みを帯びてきた夕方の光のなかで、近くにいた日本人の観光客に頼んでKと並んでシャッターボタンを押してもらった。

帰国してからひもといたギッシングの書簡集によれば、彼は一八八八年の暮れにここを訪れている。三度のイタリア旅行の第一回目の折である。ドイツの友人に宛てた長い手紙に彼は、以前にコロッセオを彩っていた野生の花が取り払われたのは残念だと書き、煉瓦のあいだにやっと見つけた花と小枝を手紙にはさんだ。書簡集の注によれば、ある考古学者が遺跡の石の劣化を防ぐために植物を除く処置をとったのだという。今ではところどころが草地になっているだけで一輪の花もなく、そのかわりに猫たちがちょろちょろと動きまわり、彼らの排泄物のアンモニア臭がかすかに漂っていた。

Kは平気だが私の脚はもう限度である。出口付近で幸運にも通りがかったタクシーを拾って宿に帰り、近くのレストランでピザの夕食をした。日本のピザと違って生地の部分が軽い。マッシュルームとチーズのピザ、チーズと生ハムのピザの両方に満足した。

部屋に戻ってクローゼットの扉のかげでスカートにはきかえていると、「まんなかで裸になってかまわないよ。美術館だと思うから」とKが言った。たしかに私の脳裏にもベルニーニの大理石の残像が揺らめいている。量感のある白い裸体が消えやらず、それはときに胃のもたれのようでもある。

この夜も雨の音で目が覚めた。雨に混じってときおり春雷がはじけるような音を立てた。その音で骸骨寺の骸骨たちが目を覚ますさまが頭に浮かんだ。骨たちが自分の骨を探すありさまが。ぼくの腕がない、と頭蓋骨が言い、ぼくの足がない、と鎖骨が呟く。ぼくの頭はどこ？　ぼくの腰は、首は、喉仏は？　解体をまぬがれた修道服姿の骸骨もうめく。ぼくの魂はどこ？　ぼくの苦しみや望みはいずこに？

ソレントへ

テルミニ駅は近代的な建物になっていた。七〇年代の半ばにイタリアを駆け足で通ったときのテルミニ駅は高い天蓋に被われた建物で、列車の窓から人々が荷物をほうり込んだりしていた。今は地下に商店街が並び、なかには深夜まで営業する巨大なスーパーマーケットもある。一階にずらりと並ぶ切符売り場では英語が通じにくいので、日時や行き先を紙に書いて示した。料金は窓口にデジタル表示される。

二七日の朝、ローマのホテルの部屋はそのままにしてソレントに移動した。ナポリを宿泊地にしなかったのは、この町が汚いとかスリが多いとか、評判がきわめて悪いからである。フィレンツェやミラノを選ばなかったのは、例のギッシングの『イオニア海のほとりで』がなんとなく念頭にあったからである。昨年九月にアムステルダムで第一回目のギッシング国際カンファレンスが開かれ、私は「ギッシングと日本の読者」という題で、日本における『ヘンリー・ライクロフトの私記』の受容や翻訳についてのペーパーを読んだ。その後ギッシング学の総本山のような存在の、フランスのリールに住むクースチアス夫妻からギッシングの足跡をたどって南イタリアに旅行した折の写真などを貰っていた。

その写真は、ギッシングが訪れた土地のひとつ、スクィラーチェのもので、ギッシングの紀行に登場する僧院の廃墟や、彼が滞在した宿屋などが写っていた。澄み渡った空を背景に僧院の崩れかかった壁が聳え立ち、前景を赤い小さな花が埋めている写真がことに印象的だったが、そのあたりまで行くには車が必要で、今度の駆け足旅行でカバーできる範囲ではない。それにKにとってはおもしかろうはずもなく、結局南端への途中に位置するソレントに泊まって、アマルフィやナポリを見るという計画に落ち着いた。

列車は定刻より少し遅れて出発した。六人のコンパートメントは昔と同じである。仏像に似た半眼の若い男性が一人、日本人の女子学生が二人（「帰ったら成績表の恐怖！」などと話している）、それにわれわれがひとつのコンパートメントに入った。列車が動き出すと、女子学生二人は正体もなく眠りこけ、膝の上の『地球の歩き方』がぼろぼろになっているところを見ると、よほど強行なスケジュールで移動しているのだろうか。

ナポリまで二時間余り。車窓の外には平坦な畑が続き、ところどころ桑畑、白やピンクの花をつけた果樹園がある。松は黒柳徹子のヘアスタイルに似たきのこ雲のような形。点在する家々は貧しげである。やがて銀紙を広げたような海が見えてきた。

ナポリでチルクムヴェスヴィアーナ線に乗り換えた。小刻みに停車するローカル線で、それとなく二人の東洋人を観察している視線もある。扉のわきに立つ若い女性が、国立博物館のミネルヴァそっくりであることをこちらも発見した。両目を結ぶ線が窪んだ暗い顔である。男性のなかにも、博物館で見た彫像を思い出させる顔がよくある。たぶん瞳の色が薄いために、瞳のない彫像の顔に似た表情になるのだろう。

ソレントまでは一時間余り。ホテルはソレントのひとつ手前のサン・アネロという駅の近くで、駅前の広場に出ると白い眩しい光が溢れていた。中年の女性に道を尋ねると、一緒についてきて曲がり角を教えてくれた。ホテルの入口は広いガラス戸で、その手前に植え込みと池があり、テラスに白い椅子が並び、日本の温泉旅館を思わせるたたずまいである。われわれの部屋は三階の角部屋で、体が空中に浮き上がるような軽い透明な光が満ちていた。北西に面したガラス戸からは黄色いレモンをたわわにつけた果樹園、半ば壊れかかったような民家が二、三軒、小さなホテル、教会、その向こうに海が見える。

「どこも行かないでここにいましょ。ここでお話ししていましょ」とKが言うほど、部屋のひろびろ感に二人とも満足し、結局この午後は散歩がてらソレントの町に出かけるにとどまった。

ソレントの町の中心部への道にはいたるところに、黄色い実が無数のランプのように明るいオレンジとレモンの木があって、果樹園では木々を囲んで金網が張ってある。レモンはグレープフルーツのように大きい。オフシーズンで店やホテルはかなりの数が閉まっていた。とあるホテルの庭に入り、そこのバルコニーから眼下の海を眺めた。足に震えが走るような断崖の下に浅瀬も海岸線もなくいきなり青く澄んだ水が広がり、ところどころに黒い縞模様ができていた。

ソレントの中心地タッソー広場には、リゾート地らしく土産物屋やカフェが軒をつらねていた。あちこちに大きな犬がいて、そのつもりで持ってきた食べ残しのハムを一匹に与えると、どこまでもついてこようとした。だが「お座り、お座り」と繰り返すと、従順に足を折って座り、躾のよいところもリゾート地の飼い犬らしかった。マリア・ピッコロという船着き場を見下ろす地点で海をもう一度眺め、なんということもないところだという意見の一致をみて、帰途は電車に乗るべくソレント駅に向かった。

駅前のカフェでお茶。いつものようにKはお茶だけ、私はお茶とお菓子である。なぜとはなく気持ちが緩んで、私は自分のことを話しはじめ、Kはまぜ返し茶化した。「隣はスウスウ寝ています」というのは、比除的な意味でいつもそうなのである。私はふたたび放棄した。すべてをことばとストーリーと演歌にさえも閉じ込めようとする私と、それを哄うKとのあいだの溝の深さは三〇年たってもそのままである。Kは身の上話をしたことがない。だから私は彼女の個人的生活についてほとんど何も知らない。彼女がいくつ私より若いのか、というようなことさえも。

ひとしきり共通の知人、友人たちの話。最近の旅行の話。「私のパスポートの期限は二〇〇六年まで。それまではふらふらと旅行をするつもりよ」私は言った。

「都合がつくときはおともしましょ」Kが言った。

「そういえばスイスから来た近藤さんの絵葉書に書いてあった」私は思い出して言った。

「Kさんを大事にしなさい、って。北條さんと二人で旅行したいって思う人はまずいないから、北條さんにとってKさんはトレジャーだって。だから大事にしなさいって」

「でも近藤さんだって一緒に旅行したじゃない？」

「あのときは五人だもの。毒気も薄まろうというものです」

「私だって、したいってわけじゃないけど」Kは言った。リア王がコーデリアに腹を立てた気持ちがよくわかる。相手がだれであれ、ストーリーを拒否するKは、自分が役を振られて相手のストーリーのなかに取り込まれることを拒否するのだ。無二の孝行娘という役をコーデリアが拒否したように。コーデリア的誠実がKにあるのかどうか知らない。ただ私は信じることを選んだ。

　ホテル近くのスーパーマーケットで青々とした葉のついたオレンジやワインを買い込んだ。それをホテルの部屋のソファ状の台に並べて写真を撮った。このソファは三人でこの部屋を使うときにベッドとして使えるものだった。その昔、母をなくした年の夏に息子の太郎を連れて、そのころはマサチューセッツのソマヴィルにいたKのところに行き、三人でニューヨーク旅行をして、中学生だった太郎を予備のベッドに寝かせて、三人でホテルの一室を使った。あのころはまだ幼くて細くて可愛かったなあ、と一瞬しんみりとする。

ローマでオレンジを食べたとき、日本で食べていたオレンジは何だったのだろう、と思った。だが今度はローマのオレンジは何だったのだろう、と言いたくなる。皮を剝くと柔らかな白いけばけばが袋をふんわりと覆っていて、それを取って薄い皮ごと口に入れると、香りのよい果汁が唇からあふれんばかり。剝いては食べ、剝いては食べ、しばし無言である。

やがて闇が下りると海の向こうの岬の灯りがまたたきはじめた。都会のきらめくネオンではなく漁村か農村の質素で静かな灯りである。

「港が見えてなんとかっていう歌、なかったっけ?」ベッドに入ってからKが言った。

「あなたと二人で来た丘は港が見える丘」私はひょろひょろと歌った。だが鋏で切り取られたようにその後が消えていた。なんとかのなんとかがただひとつ、としか思い出せなかった。「でも最後はその港が見える丘で別れるんだったと思う。こういう歌って最初のスタンザで出会って好きになって、最後は悲しい定めで別れるっていうふうにできてる」

ほかにどんなのがある? とKに訊かれ、私はもうひとつの歌詞を思い出した。

「赤いドレスがよく似合うきみに初めて会ったのはダンスパーティの夜だった」

「もう一度言って」とKは起き上がってノートを取り出した。「そういうの興味がある」

「パーティじゃなくってパーテーのほうがいいかもね。最後にまたダンスパーテーで別れる」
はじめは日本人の感情表現形式というやや高尚な問題を論じ合っていたのだが、暗闇のなかで話題は谷底に転がり落ちてゆき、喉がつまりそうになるまで笑いこけた。笑うと健康によい脳内物質が分泌されるというのは本当なのだろう。頭の芯が安らいで快い睡眠が訪れようとしていた。元気に歩き回ることができて、病気の気配さえないことはなんと幸福なのだろう。

可哀想なギッシング！

アマルフィ

だがギッシングのイタリア体験が、チェ・ミゼリア（貧困）の光景や、汚い宿屋、こすからい宿屋の主人、まずい食事、熱病ばかりだったわけではない。つまり『イオニア海のほとりで』が彼のイタリア体験のすべてではない。そのことを帰国してから拾い読みしたギッシングの書簡集のなかに発見した。

同じころエレーヌ・クースチアスさんからも私の思い違いを正す葉書がきた。ローマから彼女に送った絵葉書に、ギッシングも町に出てワインや果物を買ったらよかったのに、そうしたら食べ物の文句を言わずにすんだでしょうに、と私は書いたのだった。

「ギッシングが不平を言っているのはスクィラーチェとコトローネの粗末な原始的な宿屋での食べ物だけです」とエレーヌは書いていた。「他の土地では彼も町で買ったワインや果物を楽しんでいました。コトローネは今ではすっかり変わりましたが、スクィラーチェには今でも飲食店がありません」

今回はスリに遭わなかったようで安心しました、とあるのは、昨秋のアムステルダムの学会のとき、二度も遭遇したからである。たしかに絵葉書を書いた時点では無事だった。

たとえば一八八八年、初めてのイタリア旅行でナポリに逗留したギッシングは、果物の豊富さと安さを妹への手紙に書いている。「どこに行っても果物がどっさり。白い葡萄が一ポンド一ペニー、無花果も同じ値段、取れたての（中も外もグリーン）レモン三個が一ペニー、トマトはただ同然。もちろん無花果はもぎたてだ。いたるところでオレンジが熟している」。彼がこれを書いているのは二月だから春にも秋にもオレンジは収穫できるとみえる。レストランでのスープ、肉料理、野菜料理、果物、ワインの夕食がたったの一シリング！　とギッシングは嬉しそうだ。別の手紙ではワインが安くて上質だと誉めている。壮麗な海、山の眺め、道を行く修道僧、タイルの床と大きな窓を持つ家の様子、ひんやりとした大理石。イタリアの風景、風物に魅せられた彼の興奮が手紙から伝わってくる。まるきり一人ぼっちだったわけでもない。最後の旅行のときでさえシエナでは下宿した家の人々との交流を楽しみ、知り合いになったアメリカの青年にたいしてはおよそギッシングらしからぬ「快活で楽しそうで贅沢好きな」人間という印象さえ与えている。そのアメリカ人が書き残したギッシングとの交友の記録はピエール・クースチアス氏らの手で編纂されて一冊の本になっている。

最初の旅行では、ナポリを拠点にギッシングはあちこちに出かけている。そのうちのひとつアマルフィを、ソレントに着いた翌日われわれも訪れた。アマルフィはかつてはイタリア最古の共和国で、地中海に君臨した海洋都市だった。ジョン・ウェブスターの悲劇『マルフィ伯爵夫人』のマルフィとは、このアマルフィであることもギッシングの手紙で初めて知った。

アマルフィはソレントが位置する岬を回りこんだところにあって、ホテルのそばの停留所からバスが出ていた。岬を南下してソレントの裏側に出ると、右手は絶壁のはるか下方に海、左側は切り立つ岩山で、その中腹に細い岩棚のようにつけられたつづら折りの道をバスは走った。岩には無数のノミで削ったような鋭角のぎざぎざがあり、水墨画の風景のように突兀《とっこつ》とした眺めになるところを、灌木が半ば岩肌を隠し、ところどころには黄色い花が群れて咲き、柔らかな趣を添えている。海岸線は何度も馬蹄形に窪み、窪みの内側には人家やホテル、段々畑が見下ろされる。石造りの廃墟もある。海は雲の下では紫色に煙り、雲間から日のさすところではさざなみが銀色に光る。バスが急カーブにさしかかるたびに、その大海の上に宙づりにされる感じで、思わず爪先に力が入る。そんなふうにして岩山の縁をいくつも越えた。一時間半余りでアマルフィに到着、海辺にバスが停まった。

目をあげると岩山が右にも左にも聳え立ち、アマルフィはその上に乗っている。斜面を白い壁の家々が埋めつくしていて、コスタ・デル・ソルのような広がりはないが、太陽の豊かなこぢんまりとした保養地である。坂道を登ってゆくとすぐ右手の階段の上に現われた寺院は珍しい姿だった。イスラム寺院かと見まごうような白と黒の縞模様のアーチが正面にあり、ずんぐりした鐘塔もサラセンふうで緑と黄色の弧を組み合わせた装飾がほどこしてある。九世紀に建てられて以来、一九世紀までそのときどきの様式を取り入れて改築や増築を重ねたようだが、いずれかの時期にサラセン人の勢力がこの海辺に強く押し寄せたのは明らかだった。

寺院は一二使徒の一人アンデレに捧げられていて、内部には例によってぎっしりと装飾をほどこした聖堂、地下にも父親のほうのベルニーニの彫刻が置かれたチャペルがある。裏手の「天国の回廊」と呼ばれる中庭もサラセンふうで、以前見たアルハンブラ宮殿の中庭を思い出した。頭上近くまで下りている柱頭の下が二本の柱に分かれ、その二本ずつの柱が床から腰あたりまでの壁のあいだをつないでぐるりと中庭を囲み、ちょうど連子窓《れんじまど》から外を眺めるような具合である。歩くとき二本の柱の間隔が狭まったり離れたりするように見え、重なるとき虚空で音が鳴るように感じられる。翌日にはナポリでも同じ様式の回廊を見た。

海辺のレストランで昼食。オリーブオイルで焼いた海老は絶品だった。グレープフルーツをざっくりと切ったようなレモンの果汁は柔らかい酸味で、軽く甘い海老と混じると、食べ物というより芸術品と呼びたいほど優美な味である。

書簡集によればギッシングはナポリから汽車でサレルモに出、そこから馬車でアマルフィに来ている。つまりわれわれとは逆の方向から来たわけだが、道や断崖の下の景色のドラマティックな配置はわれわれが見たものに優るとも劣らない。「道は工学の作品として見ても卓抜です。それは山の中腹を回り、しばしば巨大な岩石に支えられて何ヤードも海のほうに突き出しています。ときにはわれわれは海辺から三〇〇フィートの高さにいて、景色はすばらしい！　上にも下にも葡萄、オレンジ、レモン、オリーブの段々畑。海賊から沿岸を守るために皇帝カール五世のもとで建てられた古い城の廃墟をいくつも通り過ぎました」

日暮れに到着した彼は、見事な日没や濃い青に染まったカラブリアの丘陵を眺めたあと、鐘塔のすぐ下の宿屋に一泊している。ガス灯のない暗い道を下りて海辺にゆき波の音を聴きながら、独立国家として栄えた昔日のアマルフィに思いを馳せている。

それから百年余りが経過した今、寺院の近くには観光客目当ての店がひしめき、唐辛子《ペペロンチーノ》をはじめとする各種のスパイス、果物、サラセンふうのデザインの陶器などが並んでいる。奥に通じる細い路地はどれも急な坂道や階段で、背後には岩山が黒々と聳えている。バスで戻る途中、アマルフィから数キロ離れた「エメラルドの洞窟」と呼ばれる場所を見ようと途中下車したが、海が荒れているとのことでその日は閉鎖されていた。アマルフィでもそうだったが、このあたりも岩山が作る湾の内側が水際に近いほど鮮やかなエメラルド色である。その色から洞窟のなかに満ちた神秘的な水の輝きを想像するしかなかった。バス停のそばの屋台には葉をつけたレモン、オレンジ、鈴なりのトマトが籠にあふれ、その上に渡された棒からも吊るされて風に揺れていた。

さらに数キロ先のポジターノで再度途中下車。ここにもサラセンふうの鐘塔のある教会があった。町全体はアマルフィよりもさらにファッショナブルなリゾート地で、しゃれたブティックが並んでいた。

ナポリ、ソレント、アマルフィ、ポジターノあたりに留まっていればそこそこに快適な旅行であったものを、ギッシングはなぜ不便をしのんで、病弱の身で最後に草深い最南端まで出かけたのだろう。そしてはじめに彼を捉えたイタリアの魅惑の数々を消し去ったかたちで、彼の最終的なイタリア紀行『イオニア海のほとりで』を残したのだろう。ギリシアへの憧れやみがたく、というのが事実であったにしても、けっして衝動的に不意に思い立って出かけたわけではなかった。すでにイギリスを発つ前に、ある友人に宛てて彼は具体的な旅行のプランを示し、たぶんその旅行で本ができるだろうとも書いている。自分の生活費のほかに子どもの養育費のために年に二〇〇ポンドは稼がねばならない、と別の友人宛の手紙には書いている。一応貧困から解放されたにしても、のんびりと楽しんでいるわけにはいかなかったのだ。あまり人の行かないカラブリアへの旅が「売り」になることを意識して、脆い健康状態を承知のうえで出かけたにちがいない。やっぱり気の毒なギッシング。

帰り道スーパーマーケットでまた果物を買った。オレンジのほかに洋梨と乾燥いちじくも買った。ホテルに戻るたびに、池に住む黒い亀の姉妹（池の縁の掲示板に姉妹だと書いてあった）に挨拶していたが、このときは狭い池の隅々まで探しても、姉の姿がどこにも見えなかった。亀がいませんけれど、とフロントに言ったが、ドント・ノウという素っ気ない返事だった。だが翌朝は姿を見せ、親指ほどの頭を水面から出してわれわれを見送ってくれたから、おそらくフロントの男性は客の愚問に取り合わなかったのだろう。

ナポリ

ローマに戻る前に一日かけてナポリを見ることにした。ナポリ中央駅のひとつ手前のプラザ・ガリバルディを新大阪駅だとすると、梅田駅に相当するのがプラザ・カブール駅で、親切な若い女性に乗り換えを教えてもらってその関係がようやく摑めた。荷物はガリバルディ駅に預け、国立博物館を振り出しに夕方までよく歩いた。聞いていたとおり、読んでいたとおり、ナポリの街は汚れていた。道路の隅に吹き寄せられた紙屑の山があり、道路が埃っぽい。一〇年ほど前に書かれたビル・ブライソンというアメリカ人の旅行記によれば、ナポリには所得が低い人が多く、市の財政は破綻しているのだという。一〇〇年前のギッシングもナポリの汚なさに触れている。一〇年前とくらべて街が静かに不景気になり、ナポリらしさが失われたと嘆いてもいる。

駅近くの道で、本屋のショーウィンドウの前を通り過ぎようとしたとき、E・M・フォースターという名前がふと目に入って足をとめた。本の題名はCamera con Vista. イタリア語は知らないが、それが『眺めのいい部屋』のイタリア語訳だとわかる程度には勘が働いた。ペーパーバック版で軽いこともありがたかったし、値段は日本円にすれば三〇〇円足らず。早速買った。『眺めのいい部屋』を翻訳した私にとっておもしろい偶然だったが、本当は必然の糸が偶然を手繰り寄せ、私の目にフォースターという文字を投げこんだのかもしれなかった。というのも、その朝電車がナポリに近づくあたりから、冒頭にナポリが登場するギッシングの小説『解放』のことをとりとめもなく考えていたからである。『解放』はイタリアのもたらす精神の解放を描いている点で『眺めのいい部屋』と多くの共通点のある小説だが、『解放』には『眺めのいい部屋』にはない苦渋がある。そのことを考えるともなく考えていたからである。

「この翻訳でイタリア語の勉強をする」と私は宣言した。だがKと一緒にいるかぎり、語学の努力は放棄している。言語学者である彼女の耳と勘は私の及ぶところではない。

考古学博物館では広々とした空間のなかに、復元された古代の彫刻が並んでいた。ミケランジェロが修復したという「ファルネーゼの牡牛」が展示してある近くに、以前エフェソスの博物館で見たものとそっくりのグロテスクなアルテミス像が立っていて、完全に復元してあるぶん迫力はなかったが、「いた、いた」と嬉しくなる。すでに自分が知っているものがまず目に飛び込んでくるというのは、やはり偶然のような必然にちがいない。

ローマでもそうだったが、ここにも見学の小学生や中学生とおぼしき団体が来ていた。うるさくなると、付き添いの先生が「しーっ」とたしなめる。するとたとえ少しのあいだであろうと静かになり、羽目を外して騒ぐような子もおらず服装も地味で、概して行儀がよいという印象だった。

ポンペイから発掘された道具、什器、装身具なども展示されていて、その精巧さに驚いた。現代の人間には文明が限界近くまで発展をとげたという感慨があるが、溶岩に埋められた都市の人々も案外同じように感じていたのかもしれないと思った。

博物館の前から南に向かって歩きはじめると、やがて道の名前が「トレド通り」になった。ギッシングが古いレストランになじみの席を持ちボンゴレ・スープを味わっていた通りだ。人も車も多い。ダンテの大きな銅像のあるダンテ広場の片隅では、一〇人ほどの男が立ったままテーブルを囲んでトランプをしていた。賑やかだったころのナポリを懐かしみながらギッシングが回想している辻音楽師の末裔のような男が、横町の入口でアコーディオンを鳴らしている。洗濯物の雫が落ちてきそうな横丁の道に置かれた屋台が道幅をいっそう狭くしていた。小休止をしてピザを食べ、また歩きつづけるとオペラハウスの横に出たが、残念にも閉まっていてなかを見ることはできなかった。

同様に隣のカステル・ヌォーヴォもかなりの部分が閉ざされていた。これがオフシーズンの旅行のマイナス点であろう。「新しい城」という名とは裏腹に歴史の闇を奥深く閉じ込めたような黒々とした塔は、落ち目になってからのチェーザレ・ボルジアが幽閉されていたところだが、その塔も地下牢も見ることができず、おもしろくもない宗教画が並んだ部屋をいくつも通り過ぎた。上階のテラスからナポリ湾が見えたが、有名な場所の常として頭に描いていた港の光景にくらべればむしろ平凡だった。

王宮は整然として広大だった。楽器を手にした天使たちの像が天井近くの壁がんに立つ劇場や、大きなタペストリーがかつての華やかな宮廷文化を思わせた。

だが印象に残ったのはむしろ最後に見た三つの教会だった。アマルフィの寺院の「天国の回廊」と似た作りの中庭を持つサンタ・キアーラ教会、巨大な会堂のなかに多くのチャペルのあるジェズ・ヌォーヴォ教会、ナポリ出身の一八世紀の彫刻家サンマルティの「ベールに包まれたキリスト」の像で有名なサン・セヴェーロ礼拝堂は、港と駅との中間地点にかたまっていたが、途中道に迷ったり、街角で巨大なエクレアふうの菓子を買って歩きながら食べ白い粉だらけになったり、帰りの車中で食べるためのコロッケやピザを買ったりしながらの、駆け足の見学だった。それにもかかわらず、四辺から立ちのぼる今なお健在な信仰の雰囲気に圧倒された。サンタ・キアーラやサン・セヴェーロは美術館にもなっていて入場料を徴集していたが、まったく出入り自由のジェズ・ヌォーヴォ教会の豪勢としか言いようのない広さときらびやかさは、けっして豊かな感じを与えずどこか殺伐としたナポリの街の風景と対照的だった。祭壇には頭上に灯りの輪をつけた天使の像、盛期ルネサンスふうの十字架のキリスト像、それを見上げる金色の衣の女。会堂には艶やかに磨きこまれた木製の告解のブースが並ぶ。そぞろ歩く観光客は目に入らぬかのように、祭壇に向かってひざまずき一心に祈っている女性もいた。カトリックはプロテスタントよりも人心を繋ぎ止める力が強いのではないか。イタリアの教会に財政難のようなものが感じられないのはそのためではないだろうか。

「献金しておこうか」とKが言ったので私は仰天した。およそ情緒に溺れない彼女さえこの信仰の雰囲気に動かされたのか。だがそれは誤解だった。入場料や運賃をそれぞれが支払う手間を省くために、旅行中は二人共有の財布を作り、私が管理している。その残金がなくなっただろうから、ここで醵金しておこうかという提案だった。

　ナポリからローマに戻る電車は、往路よりも運賃が高いぶん上等な車両で、全部が一等車だった。コンパートメントにはわれわれのほかに、もと宝塚の男役と言った感じの、険のある美しい顔の中年女性が一人、黒いコートに柔らかい鴇色のスカーフを巻いて座っていた。冷めかかったピザを食べ終わると窓の外はもう夜で、私はイタリア語の『眺めのいい部屋』を取り出した。Kも小説に没頭していて、こういうときはそれぞれが一人旅となる。イタリア語訳でも、登場人物の綴りは原作のままでミスとかミセスという表記も英語のままになっている。原作の文章の断片を頭に呼び出しながら、イタリア語を見るうちに、ギッシングの『解放』が割り込んできた。

　イタリア、ないしイタリアに潜むギリシアが、イギリス人の狭隘な精神にもたらす解放を描いている点で、たしかに『眺めのいい部屋』と『解放』は似ている。前者の最終章が「中世の終わり」、後者では「終わりと始まり」であるのもよく似ている。だが『眺めのいい部屋』ではヒロイン、ルーシーが社会的常識や階級の差を乗り越えて、肉体の牽引力によってジョージと結ばれ、めでたく終わるのにたいして、後者の『解放』はそれほど簡単ではない。イギリス人のヒロイン、ミリアム・バスクはナポリに滞在するうちに、イタリアの感化を受けて、まず美や芸術を排除する狭いピューリタニズムから解放される。美や芸術の価値に目を開かれた彼女は恋する女ともなる。だが次の段階として、性的情熱の支配から解放されることが必要であって、作者ギッシングにとって真に解放された人間とは、このふたつの解放を経た者なのである。小説のなかでミリアムを真の解放に導くいわば教師の役割を果たすのは、ミリアムの恋人でマラードという画家である。

ヴィクトリア朝小説の常として、女性を導く男性というパターンが両性間の理想的な関係として描かれているのだが、それを百も承知していても、以前『解放』を読んだとき、私は教師役のマラードの鼻持ちならなさに辟易した。いかにも導いてやるという態度、教理問答よろしくミリアムに質問をし答えを言わせては、ご褒美を与えるように肯いたり微笑んだりする。それをありがたがる女も女である。

暖房がよくきいてコンパートメントが暑くなってきた。Kが窓をあけるとゴオッとすごい音を立てて風が入ってきて、もと宝塚の彼女が鋭く叫んだ。窓を閉めて通路側のドアを開き、ようやく快適になった。

「江藤淳が死ぬ前に奥さんのことを書いたでしょう」私はKに話しかけた。「それに刺激されて、亡くなった奥さんのことを書く夫が増えているんですって。テレビで見たけれど、妻たちに死なれた夫たちのきまり文句があるの。『生きているうちにああしてやればよかった』『こうしてやればよかった』奥さんも奥さんですよ。『あたしじゃなきゃ、あなたの面倒は見きれないと思うから、また生まれてもあなたと結婚します』とか言うの。グロテスクだと思いません？」

「そういう関係を楽しんでるのよ。いいじゃありませんか」Kは言う。

だがギッシングの作品の皮肉は、女性の教師たらんとする男たちが究極的には教師たり得ていないという印象を与えることである。曲がりなりにもミリアムを理想の女性に「教育」して彼女と結婚をする『解放』のマラードは例外的に幸福な主人公で、ギッシングの描く男たちの大半は品性低劣な女性のために人生を台無しにされたり、自分の階級的コンプレックスのために好きな女性との幸福を実現できなかったりする。マラードさえ、ミリアムが古い殻を脱して存在感を帯びてくるにつれて、影が薄くなる。画家として広い社会的活動の場を求めない彼を、世俗を越えた高尚な精神の持ち主として描くのが作者の意図ではあっても、読者がマラードから感じるのは欲望や野心、競争などおよそ生々しいものへの恐れであり、性の情熱への恐怖もその一部である。これはフォースターにはなかったものだ。というよりフォースターはギッシングのような辛酸を嘗めずにすんだ作家だ。『眺めのいい部屋』は軽やかで明るい。

人生の早い時期に社会的アウトサイダーとなったギッシングの、二度の不幸な惨憺たる結婚の経験はもちろん作品に投影されている。将来を嘱望されていた学生時代に、売春婦ネルを救おうとして盗みを働き、それを発見されてすべてを棒に振ったのが始まりだった。のちに彼はこのネルと結婚するが、彼女はアルコール依存症になって死ぬ。

「教育しようと思ったんだろう」以前にギッシングの話をしていたとき小池滋さんが言った。教育は見事に失敗した。二番目の妻、下層の女性エディスも「教育」できず、結婚生活は惨憺たる結果となった。最後のイタリア旅行に出たのは彼女と別居した直後である。貧困と不幸の底から、ギッシングはギリシアや古典への憧れを抱きつづけた。それは現実逃避であり、自分の誇りを辛うじて支える拠り所でもあったにちがいない。だが彼を苦しめた妻たちも苦しんだにちがいないのだ。「教育」はありがた迷惑だったにちがいないのだ。無理解な妻という役を振られた彼女たちは、結果的にギッシングのギリシア熱の肥料になったと言える。

相手にたいして教師であることも、生徒であることも拒否する、そういう関係はいまだに男と女のあいだには成り立ちにくくて、たとえばこの二人旅行のような場に僅かに存在するのだろうか、と考えは最後にそこに行きついた。ときに索漠としてドライで、約束も保証もストーリーもなく、それゆえに持続しているような関係が……

ローマに近づくと、宝塚の彼女は待ちきれぬようにコンパートメントを出て通路に佇んだ。黒いコートの背中に両側から折りたたまれた襞が姿のよさを引き立てている。

「ああいうコートを買おう」Kが言った。

ローマ　3

日曜日には閉まっていたスペイン広場の「キーツ・シェリー記念館」に行くことにした。地下鉄に乗ってみようとプラットフォームに下りると人が溢れていて、すぐには乗りこめそうもない。押し合いへし合いの車内にはスリもいることだろう。まわりの女性たちがハンドバッグやショルダーバッグの口を手でぎゅっと押さえているのが何よりの証拠だった。乗るのは諦めて歩くことにした。

スペイン階段を降りると左手のピンク色の建物の四階（最上階）に一八二一年二月、二五歳のキーツが死んだ部屋があり、その階が記念館として公開されている。スペイン階段を埋める人々から予想したほどの混雑はなくて、中央の細長いサロンの壁にそって置かれた椅子に団体らしい一団が座り、アメリカ人らしいガイド役の青年の説明が始まるところだった。イタリア語でもなく、口のなかでこねまわしたようなイタリアなまりの英語でもなく、普通の英語を聞くのは、今まで入れっぱなしだった耳栓がはずれたような不思議な感じだった。

部屋の壁を埋めるキーツ、シェリー、彼らにゆかりの人々の肖像画、机の上に並べられた資料を目で追いながら、ガイドの話に耳を傾けた。部屋の突き当たりが臙脂のカーテンで覆われているせいで、部屋全体が暗い赤の印象である。サロンの天井のアーチの仕切りがある向こうには家主が住んでいたこと。そこに台所があったが、下宿人には使わせなかったので、キーツの食事は近所の店から取り寄せたこと、受け取りのために階段を上り下りするのは面倒なので料理を入れた籠をロープにつなぎ、上げ下ろしをしたこと。高い値段にもかかわらずひどい料理だったので、あるときキーツは運ばれてきたものを窓から投げ捨て、それ以後改善が見られたこと、などを彼はよどみなく話した。

イタリアの空気が命を救えるのではないか、という一抹の望みをかけての転地だったが、ローマに落ち着いたのは高名なスコットランド人の医者ジェイムズ・クラークに診てもらうためでもあった。ナポリで検疫のために足止めされてローマに着いたのは一一月、翌年二月に死ぬまで友人で画家のセヴァンが付き添っていた。クラーク氏はキーツの病気が肺結核ではなく胃の病気だと診断し、スペイン階段を昇り降りする運動を勧めたのだという。一月に大喀血をして死期を悟ったキーツは、セヴァンに自分が葬られる非カトリック教徒の墓地を見てきてくれと頼んだ。戻ってきたセヴァンが、草地に野の花が咲く墓地の様子を伝えると、キーツは天井をあおいで（とガイドは、桝目のなかに木彫の花の模様がある天井を指さした。「この天井はそのときのままです」）、あの花がひとつひとつ開いてゆくようだ、と言った。墓碑銘には彼の望んだことば「水にその名を書かれし者、ここに眠る」が彫られた。埋葬からセヴァンが戻ると、消毒のためにキーツの部屋の家具はカーテンまでも焼き捨てられていた。ガイドの西洋講談は熱演で、最後には聴衆が思わず拍手をした。

サロンの奥にセヴァンが使っていた部屋と、キーツの病室だった部屋があり、後者はベッドを入れれば、動く余地がないほど細長くて狭かった。ここにもキーツやゆかりの人々の手紙などがケースに展示されていた。

次の見学者たちがサロンの椅子を埋めはじめていた。絵葉書などを買って出ようとすると、拍手に気をよくしたらしいガイドが、今度はシェリーとバイロンの話をするから聞いてゆけと言う。また腰かけてバイロンの恋愛遍歴や子だくさんのリー・ハントに彼が悩まされた話、シェリーの溺死と彼の心臓が保存されていた話などを聞いた。父親にちっともかまってもらえなかったバイロンの幼い娘が父親に出した几帳面な字の手紙を見せてくれた。見学者たちから、キーツの話もしてください、という声が上がったあたりで外に出た。

広場で甘栗を買い、歩きながら食べた。紙の筒に栗が入っていて、殻を入れるための空の筒がホチキスで留めてある。日本の甘栗よりも大きくて、ふかしたさつまいもを食べたときのように満腹になった。

ついでにキーツの墓地も見ておこうと、地下鉄でピラミデ駅に出た。地下鉄の車体のいたずら書きはド派手である。もとの地色はまったく残らぬよう鮮やかな青やピンクで塗りつぶした上に巨大な文字が書いてある。車体の仕上げの工程の最後の段階に、工場に送って満艦飾に仕上げたかのようだ。車内に子ども二人の物乞いが来た。車両の床に座って両手をつき大きな声で何かを唱え、帽子を回したがだれも見向きもしなかった。つきまとおうとする子どもを避けて、Kは場所を移動した。

非カトリック教徒が埋葬された別名イギリス人墓地は、ローマのある役人の墓として作られたピラミデ、つまりピラミッドの裏手にあった。石の塀になかを覗ける小さな窓があって、目を寄せると偶然キーツとセヴァンの墓がふたつ並んでいた。正面入口に着くまで、車の下にも塀の上にも猫がいた。

門は閉まっていたが紐を引っ張ると門番が中からあけてくれた。雛壇状になった正面の部分はかなり墓石が密集していた。リー・ハントが提案したという墓碑銘 Cor Cordium（「心臓のなかの心臓」つまり黄金の心とも訳すべきか）を刻んだシェリーの墓はこの区画にあり、それと対照的にキーツとセヴァンのは墓地のはずれの草地のなかに位置していた。縁を石で囲ったなかにキーツとセヴァンの墓が並び、それにはさまれて幼くして死んだセヴァンの息子の小さな墓がある。墓の前の地面は艶やかな緑の葉に覆われ、野生のシクラメンに似た花がちらほらと咲いていた。キーツの墓石の上半分には弦の切れたギリシアの竪琴が、画家セヴァンの墓石の同じ部分にはパレットと絵筆が浮き彫りにされている。セヴァンがキーツのためにこの墓地を見にきたころには墓の数も少なく、草地も花も多かったにちがいない。

近くの石のベンチに腰をおろして、野良猫たちの排泄物の匂いが地面から立ち上る穏やかな日だまりのなかで、ガイドの解説を反芻した。天井の木彫の花を見つめ、それがひとつひとつ開いてゆくようだと言った瀕死の詩人の熱にうるんだ目に、その花は何色に映じたのだろう。そういえばギッシングも旅先で墓地を見て歩くのが常だった。『イオニア海のほとりで』の翻訳（『南イタリア周遊記』）から引用すればこういうくだりがある。「私は旅行中いつでも墓地を訪れることにしている。そこの人びとがどのようにして死者の思い出を留めているかを見るのが好きなのだ。墓石には多くの意味がこめられているのだから」。そしてコトローネの墓地の描写が続き、墓地に行く途中の教会の廃墟に残るアマルフィの寺院のものに似た円天井のことなどを書いている。コゼンツァでは、水底に埋葬されたという西ゴート族の王アラリックの墓の場所を推定しながらブゼント河を眺めている。

墓にこだわり、とくに著名でもない人々の墓地までも訪ねるという行為が物好きだと思われて、たぶんそのために記憶に残っていたのだったが、肺の疾患を抱え先が長くないことを知っていた彼もまた、自分が埋葬される墓地に思いを馳せていたのではないか、と私はそのとき気がついた。「水にその名を書かれし者」という墓碑銘が喚起するような感慨が、アラリックのような権勢を誇った者の運命を想うときにも彼の胸に去来したのではないか。思いがそこに至ったとき、とりたてて取り柄もないような、地味なこの紀行文が、それまでと異なる姿を現わした。

私が思ったのはこういうことだった。『イオニア海のほとりで』はギッシングの残したどの小説よりも熟成したストーリーなのだ。疎外された人間の怨念や、階級的コンプレックスや、女性にたいする矛盾だらけの心情や、下層の人々にたいする同じく矛盾に満ちた態度や、ひとりよがりや教師癖——社会的に恵まれない作家であったために彼が負った傷がそのまま露呈していると感じられる小説のどれとも違って、この紀行文からはそのような傷が消えている。貧困と心労の底から抱きつづけたギリシアへの憧れが彼の「売り」だったとしても、それに熟成を与えたものは末期の眼ともいうべきものだったにちがいない。キーツの目のなかで天井の花々が開いたように、彼の一生が末期の眼のなかで凝縮されたのだ。エキゾティックな雰囲気にいっとき心を奪われた人間が、やがて自分本来の場所に戻るように、ギッシングがイタリア体験から最終的に残したものはナポリで感じたイタリアの魅惑ではなく、カラブリアの貧困の光景であり、それが暗い人生の象徴的表現でありえたために、彼にある心地よささえもたらしたにちがいない。そして個人的痕跡を消し去った穏やかなユーモアのなかに、いわば白鳥の歌が生まれたのだ……

あと二、三の些細な出来ごとを書きとめれば、この紀行も終わりである。

草叢から一匹の黒猫が出てきた。全身埃っぽい黒に小さな黄色の目で、キーツの墓におよそ似つかわしくない汚い猫だった。何かもらえそうだと近寄ってきたが、私が袋から取り出したのは飲用水のボトルで、それを素早く猫の頭に浴びせかけると、ポーンと飛び上がって走り去った。そのあとからもう一匹そっくりな猫が出てきて、また水をかけられた。墓地には工事の人たちが入っていたが、彼らが置いたらしいキャットフード満載の皿が物陰に置かれていて、これではキーツもシェリーも当分匂いに悩まされることだろう。

タクシーをつかまえて、カラカラ帝の浴場跡に行った。入場券売り場で求めたガイドブックの図をたよりに復元を試みながら、何メートルもの厚さの壁を見上げる。仕切りを入れてみても巨大な浴室である。そのまわりに巨大な大理石の彫刻が並び、裸の人たちがひしめいていたのかと想像すると、息苦しさを感じた。墓地と浴場とでは相性がよいとは言えまい。

時間は午後の三時近くになっていたが、これからヴァチカンに行こうとKが言った。ヴァチカンにはまた裸の人たちがひしめく天井画がある。それに宝物殿のような部屋が限りなく続いていた記憶もある。あなたはまだ明日一日いるのだから、明日にしなさいよ。私は帰る。帰って荷造りをしなきゃ。などとやりとりをして、Kはそうするとは言わなかったが、一緒に来るところを見るとヴァチカンは明日にしたのだろう。ふたたび地下鉄でテルミニ駅に出、地下のスーパーマーケットで真空パックのパルメザンチーズを買いこんだ。

あとから思うと両手に荷物をさげ、ウエストポーチを突き出した格好で歩いている姿をキャッチされていたにちがいない。テルミニ駅から数分歩いたあたりの大通りで少女が二人、物乞いに寄ってきた。一人はまだ子どもで天使のような顔をしている。大きい方の少女が何か書いた大きなボール紙を両手でひろげて、それを私の前に突き出した。よけようとすると、二人で行く手をはばみ、並んで歩いていたKとのあいだが開いた。少女は体が触れるほど近くに来て、私のウエストポーチの上にいきなりその紙をかぶせた。何が書いてあるのかと思わず字に注意を向けた瞬間、紙の下で相手の指がすばやく動く気配があった。私はぱっと体をよじり、その紙を振り払った。

「大丈夫ですか」うしろから来たアメリカ人らしい女性が言った。ウエストポーチの、体に近い方の仕切のファスナーが端から端まであけられていた。なかを調べるとパスポートも現金もクレジットカードも無事だった。

「大丈夫です。ありがとう」と答え、安心すると心臓が急にどきどきしてきた。私も今日地下鉄のなかでやられそうになった、とKが言う。地下鉄のなかで物乞いをしていた女の子がいたでしょ。あれがしつこく寄ってきて。

昨秋アムステルダムの市電のなかでも通路を足でふさいだ少年三人組がハンドバッグのファスナーをあけた。だが間一髪でハンドバッグを引き寄せ、被害を逃れたのだった。何事も場数を踏むと対処がうまくなる。とはいえ、紙の下で動いた指の気配は皮膚を這う虫のようにいつまでもつきまとった。

いったんホテルに荷物を置いてから、ナツィオナーレ通りの三越に行ったのは心理的な必要もあったのだろう。そこでは日本人の観光客が大勢いてそれぞれが自分の買物に熱中しており、「あと二〇分で入口に集合してください」とツアーガイドが声をかけてまわっていた。この店内ならばカウンターに財布を置き忘れても大丈夫という感じだった。スリも物乞いもおらず、あのナポリで見たような教会でひたむきに祈る姿とも無縁の、のっぺりとした平和と安全がここにはあった。土産の小物などをまとめて買い、太郎のためのネクタイを選んでいるうちに、嫌な虫の記憶が薄れていった。

どこかのレストランに行こうと提案したが、Kを説得することはできず、またキャンティ・クラシコ・リゼルヴァなどを買って帰り、部屋で最後の宴会をやった。

帰途

空港までのタクシーを前の晩にフロントに頼み、宿泊費の半分の支払いも済ませておいた。朝の九時過ぎ、来たときより格段に重くなったスーツケースを玄関までころがし、タクシーを待ちながらホテル周辺の写真を撮った。間もなくタクシーが来た。

「どうもお世話になりました」

「こちらこそ」とやや改まって挨拶をしあう。

じゃあ、また。

タクシーが走り出し、ホテルの前に立つKの姿が遠ざかる。私のなかの小さな灯りが消える。私は前に向き直り日常へ、大学の新学期やそのための準備へと戻ってゆく。

湯田中のカステラ

早朝六時、キーンと冷たい空気のなかを数分歩いて温泉の共同浴場に行く。この時間の常連の養田さんと江口さんが来ていて、私が入ってゆくと「あらっ」と驚いた。

「昨日話してたとこだったんだよ。四月になったから、そろそろ見えるんじゃないかって」

「ほんと。昨日、噂していたとこ」

「変わりはなかった？」

「おかげさまで」

ひとしきり挨拶を交わしながら、上がり湯を体に何度もかける。洗面器のなかに足を浸し、冷え切った体をなじませる。それでも大きな浴槽に足を入れると、焼けた鋼に切られるように熱い。

「今朝はお湯が熱いんだ。少し埋めるといいよ」と二人に言われる。

そろそろと蛇口に近づいて水を入れてかきまわし、ようやく体を沈めて、ぼわーっと温かさに包みこまれる。全身の血流がにわかに勢いを得て流れはじめたのが目に見えるようだ。冬のあいだ排気ガスの立ちこめる都会で萎縮した体じゅうの細胞に生気が戻り、気持ちが柔らかく弾んでくる。

I have a good life.

そう思う。なぜか英語でそう思うのは「いい人生」では大げさだし「いい生活」では薄っぺらだからかもしれない。それに目下、湯田中で借りているわが住まいは「いい生活」どころではない惨状なのだ。

今年の冬はひどい雪だったという話を二人から聞く。

「そのせいで、うちはまた屋根から水漏り。おまけに今年は給湯管が破裂して、給水栓をひねったらそこいらじゅう水浸し。今はお湯が使えなくって……」

私は話しはじめたが、温泉に浸かっていると昨日以来の悲惨が遠のく。そりゃ大変だね、と同情され、も少し暖かくなったら車でどっか連れてってあげるよ、長野に野菜料理のおいしいレストランができたから今度一緒に行こうよ、と慰めるように誘われた。

「寒かったせいで今年は林檎がカスカスにならなかった。甘くなっておいしいよ。食べきれないから今夜持ってってあげる」別れる前に江口さんが言った。

湯田中はどこへ向かっても上り坂か下り坂で、平坦な道というものがない。共同浴場から家までの数分の道はゆるやかな上りで正面の空の下に雪の山々がある。木々の少ない部分では山肌が白く、多い部分は黒っぽくて不思議な濃淡がついている。緑のときの山と違って輪郭が厳しい。そんな墨絵のような景色が、田舎町の日常のごたごたした眺めの上に浮かんでいる。

一〇時半にこの建物の管理担当者である農協の青年が、家主と修理業者だという小柄な男性を連れて、被害の状況を見にきた。家主はにこにこしているが、ご迷惑をかけてすみません、とは言わない。

私は日本間と、その隣の板敷きの部屋の被害を説明した。畳には水溜りに石を投げて泥水が跳ねたような黒いかびが輪を描いていくつも広がっている。押し入れの側面には水のつたった跡があり、布団類の端が濡れている。天井はところどころ水を入れた袋のように膨れ、壁紙に皺が寄っている。板の床にも水たまりの跡。机の上のプリンタにはさんであった紙のべきべきの表面も、明らかに濡れて乾いた跡である。

「天井をはがして、断熱材を吹きつけて……」と家主が農協の青年に指示している。「どうして去年それをやらなかったの？」私は思わず口をはさんだ。昨年は屋上のコンクリートの隙間から漏った水が蛍光灯のカバーのなかに溜まり、蛍光灯が床に落ちて、机や椅子が濡れたと聞いている。階下の人が天井から水が漏ると言い出して、農協から調べにきたのだった。私は東京にいて現場は見なかった。「去年と同じ現象じゃありませんか？」私は家主を詰問した。「本当になぜやらなかったんだろう？」ひとごとのように家主は言う。そして自分は施主で実際の修理工事をやるわけではないのだと説明した。それは言い逃れだ。志賀高原の大きなホテルの所有者であるこの男性には一筋縄ではゆかないものがある。そのくせ「おたく、何か水に祟られているんじゃあない？」と私の顔を覗きこんでにっと笑う。この人は自分がイケメンだと思っているのかもしれない。

天井からの水漏れのほかにもうひとつ重大なトラブルがあって、それは給湯管の破裂だった。昨夜給水栓を開いたあと、蛇口の水の出がいつもより細く、やがてちょろちょろとしか出なくなった。もう一度給水栓を見に出ようとしたとき、玄関やドアの外に勢いよく水が流れだしていることに気づいた。仕方なくすべての給水栓を止め、幸い隣の義弟のフラットが昨夜は無人だったので、水とトイレはそこを使った。

給湯管のあたりを調べていた家主が戻ってきて宣言した。「わかりましたよ。すべては地下の水が原因。水が床下に溢れて、その湿気が家じゅうに回ったんですよ」

「床下の水が天井まで駆けのぼったわけ？」と私は反論した。「上に向かって流れて天井に溜まったんですか？　そもそも水が溢れたのは、給水栓を開いたあとの僅かな時間ですよ。地下が水浸しになって、その水が天井に上がるなんて……」

「ま、上からと下からと両方」家主は少し譲歩して、また私を見てにっと笑顔を作る。思うに彼は、二年続けて屋上からの水漏れを防げなかった不手際を追求されるのをかわしたいのだ。「調べればわかることですから」と私はそっけなく答える。午前の部はやがて解散した。

午後一時半になると、さきほどの修理業者が「屋根の状態を診断する専門家」を連れてきて、天井から調べはじめた。やがて水道関係の人も来た。畳屋が来て畳をはがすと、畳の下はきれいに乾いていて、家主の説は粉砕された結果となったが、今回家主は姿を現わさない。水気を吸った畳が重いと、畳屋はよろけながら畳を運び出し、途中で助っ人を呼んだ。農協の青年が保険業者を連れてきた。一〇人近い人間が風呂場の天井をはずして天井裏に入ったり、図面を描いたり、押し入れを調べたり、給水栓を開閉したりするあいだ、私は邪魔にならない場所から場所へと移動しつつ、あれこれ質問に答えた。三時には全員が引きあげ、畳のなくなった日本間と、濡れた布団を広げた板の間は閉鎖して、私はフラットの半分で暮らすことになった。水は出るようになったが、給湯管の工事が終わるまで蛇口からお湯は出ない。

翌日は朝から雪が舞い、骨の芯まで冷えるような寒さだった。エアコン暖房は目下閉鎖中の板の間にある。ダイニングキッチン兼用の居間に電気ストーヴをふたつ入れ、厚着をして立てこもり、料理用のレンジにも火をつけ、鍋で沸かしたお湯で手を温めた。小学生のころ、しもやけで赤くはれた手を、お湯と水に交互に浸したときのように。蛇口をひねればお湯が出る生活になったのは、いつごろからだっただろうか。氷の塊を入れた木製の冷蔵庫や、井戸のポンプの先に被せてあった布の袋や、床下の貯蔵場所など、昔の台所の情景がひとしきり思い出された。

タクシーを呼んで、新幹線に乗って、東京の便利な生活に戻ることをしなかったのは、たまたま読んでいた本のせいであったかもしれない。ベストセラーとして評判になった時期に読みそびれたユン・チアン『ワイルド・スワン』を、来るときの新幹線のなかで読みはじめ、次第に声を失うほどその内容に圧倒されていた。中国国民党と共産党との抗争、毛沢東の執政下の大飢饉、右翼狩りの密告と拷問と処刑、文化大革命の騒乱。そのなかを生き延びた三代の女性たちが経験した悲惨にくらべたら、お湯が出ないことの不便など埃のように吹っ飛ぶ。大戦後、内乱に揉まれた中国は言うに及ばず、朝鮮半島もドイツも分断されて、ときには同じ民族が血で血を洗うような闘いをした。それにくらべて日本はなんと幸運な戦後だったのだろうとひとしきり感慨にふけった。閉め切ってひたすら暖めた室内は、夜になると目のつんだウール地のようにしっかりと暖かくなった。昨夜江口さんが持ってきてくれた甘い林檎をかじってウィスキーを飲み、昼間から電気毛布のスイッチを入れておいたベッドにもぐりこんだ。音の絶えた世界には、ぽかぽかの繭のなかに入った私が一人いるだけ。

I have a good life と思いながら眠った。

ふたたび外に出たのは、翌日の午後だった。雪がやみ、雲が薄いピンクの光を帯びて、あたりがほの明るくなった。窓をあけて様子をうかがうと、空気は相変わらず刺すように冷たい。厚い上着を着て、マフラーをぐるぐる巻きにして出かけた。

マンションは夜間瀬川から一列の家並みを隔てたところにあって、すぐに大きな橋に出る。広い川にはあちこちに中州ができて、水は勢いなく流れていた。白い埃のようなものがひとつ、ひらひらと落ちてきた。何メートルか先でまたひらりと落ちた。ひらり、ひらりの間隔は、橋を渡り終えるころには狭まってきて、明るい雲の下でまた雪が舞いはじめていた。

一時間は歩くつもりだった計画を変えて、湯田中の駅のあたりまで行って引き返すことにした。せっかく出たのだから何か買おう。だが食糧は十分にあった。魚肉類は大量に冷凍保存してあるし、野菜はマンションの前のマーケットで買える。甘いものは林檎と、冷凍の大福がある。これは少し遠い大きなスーパーでまとめて買っては冷凍しておく。一パック二四〇円で五個、小ぶりで甘みが控えめでよい。乾物類、お茶のたぐい、台所用品、と順を追って思い浮かべても、買う必要のあるものはなかった。

そうだ、カステラ！　カステラを買おう。湯田中には文明堂も福砂屋もなく、この前は駅近くの菓子屋で「長崎カステラ」を一本六百円で買ったが、黄色いふわふわのパンのようだった。あれよりもう少しましなカステラはないだろうか。

子ども時代の原体験とか、食糧難の経験とか、理由はいろいろあるのだろうが、カステラは私にとって終生の恋人に似ている。恋人に会えないときは、その面影を求めて四角くて黄色い代用品を探す。駅前のローソンに入ると、暖かくてほっとした。念入りに菓子の棚を見てゆくと、アルミ箔の袋に「しっとりとした甘さ」という文字と、黄色く四角いイメージがついたカステラがあった。一袋二九九円、それを買う。

ローソンから出ると、雪ひらはさらに細かく空間を埋めていた。ときおり風に煽られて、小さな渦を巻いて舞い上がる。雲からは光が消え、一刻も早く戻ったほうがよいという天候の形勢だった。車輪のついた買物袋を押した老婆が道端で立ち止まり「やーだね、また降ってきた」と大声で言うので「本当に。さっきまで晴れそうだったのに」と答えたが、相手は知らん顔でまっすぐ前を見ており、どうやら独り言だったらしい。

来たときとは反対側の、線路の向こう側の道をひとしきり上り、急斜面を下りて橋に出る。坂の途中から眺める集落に人影はなく車もまばらで、晴れた日には志賀高原の山々がはるかに見渡せるパノラマも今日は閉ざされている。信濃路はいつ春にならん。島木赤彦の短歌がふっと頭に浮かんだ。「信濃路はいつ春にならん夕づく日入りてしまらく黄なる空の色」

夕空の黄なる色もない、雪に閉ざされたこの白と灰色の世界はどう表現したらいいだろう。赤彦の短歌の後半を取り換えてみようと考えはじめたが、うまくゆかなかった。頭に巻いたショールに雪が積もりはじめ、ただ早く家に戻って熱いコーヒーと一緒にローソンのカステラを試したいだけだ。

そのカステラは値段を思えば上等だった。焼き菓子らしいカステラのあの香りはないが、アルミ箔に包まれた生地はたしかにしっとりとしていた。私はインスタントコーヒーとともにゆっくり味わいながら、何気なく紙をはがしてカステラの底面を見た。そして思わず微笑んだのではないかと思う。底面にはざらめ砂糖の粒がふたつついていた。まるで精一杯の努力をしましたから、これで我慢してくださいね、というように、二粒はけなげで可憐だった。二粒の入った部分を大事に舌の上において、上等のカステラの底のじゃりじゃりしたざらめを思い浮かべた。

I have a good life とまた思った。

近くて遠い韓国

一日目

ツアーの名称は「日韓交流の旅」、三月二七日から四泊五日である。韓国南東部の昌寧《チャンニョン》、安東《アンドン》、慶州《キョンジュ》、釜山《プサン》を回る。成田から二時間足らず、時差もなく出国手続きの列を除けば、国内旅行と違わない楽なフライトで、あっという間に金浦《キンポ》空港に着いた。

一行は一九名、ふた組の夫婦と単身参加の男性一人を除けば、あとは中高年の女性である。講師は在日韓国人で某大学名誉教授のI先生、添乗員のYさんを含めて総勢二〇人。わたしは学生時代からの友人（仮に三木さんとしておこう）に誘われて参加している。

講師のI氏は偉丈夫というのだろうか、七〇代後半だが、風雨にさらされたような赤黒い皮膚の、肉の厚い顔で眼の光が強い。相手としっかり視線を合わせて話をする人で、その点が、この年代の日本人男性と少し違う感じである。三木さんと私は初対面の挨拶をした。他の参加者たちはすでにＩ先生と顔なじみで、改めて挨拶は要らないようだった。

三木さんと参加する海外ツアーはこれが三度目である。数年前に敦煌《ドゥンファン》に、昨年の夏は中国の東北部、旧満州地域に行った。そのとき集安《チーアン》で見た高句麗時代の好太王碑《こうたいおうひ》と、Ｉ先生とは実は深いかかわりがあるのだという話を、飛行機のなかで三木さんから聞いた。そもそも日本史を専攻する彼女にとって昨夏の中国旅行の目的のひとつが、五世紀初頭に作られたというこの碑を見ることだったから、私もその熱意に感染して、素人にはまったく判読できず見えるのもやっと、というような文字が一面に彫られた大きな碑の姿は記憶に刻まれていた。

専門家によってさえ、碑文はまだ完全には判読されていないらしい。また読み方によって解釈もひと通りではないということだった。ひとつの解釈によれば、碑文のある個所には、高句麗時代に日本人が攻め入り、高句麗を支配下に置いたという記述があり、その記述が日本の軍国主義時代に朝鮮支配を正当化する根拠に使われたという。Ｉ先生はその碑文が日本軍による改竄であるという説を発表して一大センセーションを巻き起こした人だと三木さんが教えてくれた。その後、古い時代の拓本と日本占領時代のそれとを比較して改竄の跡がないことが証明されたのだそうだ。

「このことは話題にしないほうがいいと思う」三木さんは最後にそう言った。常日頃、私の思慮のなさに、彼女ははらはらしたり、眉をひそめたりしているのかもしれないと苦笑する一方で、なにか重苦しい既視感のようなものに私は襲われた。またか、またその話か、という感じ。もちろんＩ先生の好太王碑改竄説は今初めて聞く話である。にもかかわらず、またか、と思うのはなぜか。

日本による韓国の侵略、支配、略奪、残虐行為が言い立てられる。それと同じほど朝鮮の近代化を促進したのは日本だ、日本が韓国をつくったのだ、と主張する人々がいる。日本は武の国、韓国は文の国、だと日本への非難をこめて総括する学者がいる一方で、韓国は事大主義の国、他律的にしか行動できないのだと韓国への軽蔑をあらわに語るジャーナリストがいる。相容れない立場のどちらに与《くみ》したらよいのか決めることのできない怠惰な私は、かかわらないに越したことはないと、韓国を遠巻きに眺めて今日まできた。近い国なのに一度も訪れたことがなかったのは、要するに面倒は避けたいという気持ちからだった。

空港で現地ガイドのハムさんが加わった。中年のてきぱきとした女性で、日本語力が安定している。

バスで最初の見学地熊川《ウンチョン》（ユーセン）に向かう。室町時代にいくつかあった日本人町のひとつが、ユーセンサイホと呼ばれる港にあったという。配られた資料によると、一五世紀末には日本人世帯は三四七、人口は二五〇〇人。

バスを降りると曇り空のもと、空気はちりちりと冷たい。今では埋め立てられて海岸線が変わった港と、資料の古い地図とを比較しながら、あそこの赤い屋根の建物があったあたりから少し右に寄ったあたりに昔は云々、という地形の詳しい説明はどうでもよくて、今目の前で停まった小さい漁船の収穫はどんな魚なのだろう、と注意が逸れがちである。

室町時代にここに来る日本人が携えてくる書状（身分を証明するための？）には四種類あって、最上ランクは足利将軍からのもの、次が京都の公家からのもの、地方の豪族からのもの、最後はもと海賊だった者からのものだったそうだ。遣明使のことはしばしば言及されても、このような日本人町のことや、そのようなかたちで友好的な日韓の交流があったことはほとんど忘れられている、とI先生は強調した。日本は朝鮮から木綿を買い、朝鮮は日本から銅を買った。それによって朝鮮では中国より早く銅の活字が使われた由。

次は南山《ナムサン》の頂が遠くに見える地点でバスを降りた。その頂には文禄・慶長の役（韓国語で壬辰倭乱）のときに、小西行長が築いた城の廃墟があるという。言われて目をこらすと、木々が途切れた細い道のような部分が見分けられた。そこに城壁があったのだそうだ。当時寒さと食糧難に苦しむこの城の状況を、小西行長に随行した司祭セスペデスがローマ法王への書簡で伝えているという。

道路から一段と低いところに泥の地面が広がっていて、少し離れた廃屋のような建物の屋根から二、三羽の鳥が飛び立った。雀より大きくカラスよりは小さい。黒字に太い白の縞が入った斬新なデザインの体である。カササギですね、とだれかが言う。あなたたちがお手本にすべき鳥だ、とI先生。なぜならばオスが死ぬとメスは一生再婚せず独り身を通す。韓国にふさわしい鳥ですね、と私は思わず言った。夫を亡くした女性は再婚を許されなかったのでしょう？　夫に貞節を尽くす女は烈婦と称えられたのでしょう？　I先生は曖昧に笑って、ま、そういうことになっていますから、とことばを濁し、私はいかにも大人げない反応だったと一瞬、自己嫌悪に陥った。

第一日目は馬山に宿泊。ホテル・リヴィエラという、田舎者が精一杯おしゃれをしたという感じのホテルである。チェックインを済ませてから、ふたたびバスで近くのレストランに夕食に。料理は骨付きカルビで、赤々と燃える木炭の上にかぶせた網の上で肉や野菜を焼く。焼く前にシート状の肉を給仕の人が大きな鋏で切った。バチバチと固い音がするのは骨を切るからだろう。その網をとりまいて、小皿がいくつも並ぶ。載っているのは、白菜のキムチ、干し大根のキムチ、煮豆、海藻、菜っぱ、煮たニンニク、などなど。朝鮮料理は生まれて初めてといってよく、好きなのか嫌いなのか、ただちには決められない。とにかくビリビリと辛い。

床に薄い座布団を敷いて座るのは苦行だった。もうひとつの苦痛はI先生が煙草を吸うこと。バスを降りるたびに吸っていたから相当のヘビースモーカーなのだろうが、テーブルを囲んで詰めて座っている部屋のなかでも吸われると喉が痛くなる。空いているテーブルの上には間隔を置いて灰皿が置かれているところを見ると、韓国は喫煙に寛大な国なのかもしれない。

持ってこられたときには汚れひとつなく銀色に光っていた網は、食事の終わりには肉の脂や焦げついた野菜がこびりついて、真っ黒でコネコネ、ネトネトになった。明日の晩、その網がふたたびピカピカになって登場するためには、どうするのだろう。強い洗剤のなかに一晩中浸けておく？　そのあと、十分にすすいでいるだろうか。

二日目

時差がないので楽だ。久しぶりにぐっすりと寝た。

部屋の窓から見下ろすと、低い建物の並ぶ道の片側だけ車がたくさん走っている。看板の文字がすべてハングルであることを除けば、日本の田舎町と変わらない眺めである。その向こうには曇り空の下で鈍く光る海が広がり、漁船が何隻も見える。

朝食後、ホテルの裏手にある魚市場の入口まで行ってみた。東京の築地市場のように、店が奥までずっと続いている手前の数軒の店先では、大きな容器に入った貝を前にゴム靴ゴム手袋の女性たちが働いていた。大きな平貝、大きな蛤、ミル貝、あわび、アコヤ貝、ナマコもある。女性たちは潮風に打たれつづけた頑丈な赤い頬をして、ときどきにっこり笑いかける人もいるが、概して無表情である。しゃがんで貝を洗ったり、こじあけたりしていた。

バスで昌寧《チャンニョン》へ。今日最初の見学地は昌寧古墳群。道路がその中心を走り、道路傍にある昌寧博物館には古墳から出土した什器や装身具が展示してある。博物館を見てから古墳の並ぶ小高い丘に登った。博物館の解説はみなハングルであるうえに、古墳は素人目には何の変哲もない、芝に覆われた、なだらかな丸い山である。辛うじて丘の登り口の立札に英語の解説があり、古墳のまわりに石の輪があったことや、新羅《しらぎ》時代のこの古墳の作りに高句麗《こうくり》の影響が見られることなどを知った。古墳は英語でtumulusというらしい。古墳を背景に三木さんの写真を撮ろうとすると、デジカメのレンズが僅かに出るだけですぐに引っこんでしまう。何度やっても同じで故障だと諦めた。

丘を登るとき、持参した折り畳み式の杖を初めて使ってみた。体重の移動を幾分肩代わりしてもらえて楽である。ただし下るときは邪魔になる。

このあたりの古墳はほとんどが盗掘をされているそうだ。穴の上に大きな石を横たえる作りなので、入りやすい。盗掘を計画したら道を隔てた地点に家を借り、昼間は勤め人の生活をして夜地下を掘り進めるのがいい、とI先生が言う。シャーロック・ホームズにもそんな話があったなあと思うが、作品の題は思いだせない。『赤毛連盟』でしょ、とあとで三木さんが教えてくれた。

古墳は緩やかな傾斜なので簡単に登れそうだ。すでにてっぺんにいる二、三人を現地ガイドのハムさんが呼び戻す。お墓は神聖なところだから登ってはいけない、とI先生が訓戒した。それなら早く言えばいいのに。登った人は今日昼飯ぬきだ、とI先生。これがお気にいりのジョークらしく、何かにつけて晩飯はぬき、ビールはなし、とバスのなかでも繰りかえす。もっとおもしろいことを言ってほしいな、とバスの外を眺める。桜はこれからだが、鎮海《チネ》のあたりの並木では五分咲きになっていて、小ぶりの木ながらあたりの空気をピンクに染めていた。鎮海は旧日本軍の軍港として町が作られ、そのとき桜がたくさん植えられたという。「今日はホテルに泊まらないで、ここの桜の下で酒盛りをしよう」とI先生。以後桜が現れるたびに、それが繰りかえされる。加齢現象だろうか、と思い、彼とほぼ同じ年代の自分をかえりみた。

だが旧日本軍の軍港と聞くとにわかに近代史のおぼろげな知識が活性化する。今朝馬山《マサン》で、フリー・トレード・センターと正面に大きな英語の表示があり、ぐるりと塀で囲われた一区画を通ったときもそうだった。日本語で言えば保税加工工場地域で、日本の技術と韓国の安い労働力とを合体させて加工生産をおこない、製品は日本に持ち帰って日本で売る。労働者以外は立ち入り禁止。台湾にならって朴《パク》大統領が推し進めた事業だという。朴大統領時代にアメリカの巨額の援助もあって韓国経済は大躍進を遂げるが、これもその一環であったかと納得する。こういう話をもっと聞きたい。だが「日韓交流の旅」というものの、このツアーの眼目はもっと古い新羅時代の遺跡を訪ねることにあるのだから、それ以上を求めるのは筋違いである。

ナムル中心の昼食のあと、孤雲寺《コウンサ》へ。仏教を排し儒教を推進した李王朝は、多くの寺を破壊したが、孤雲寺のような山奥の寺は破壊をまぬがれたという。四方を山に囲まれたそのロケーションがもっとも印象的で、写真では堂々と古寂びて見えた建物は、土台を支える柱の下半分がコンクリートに固められるなどの修復の結果、美しい唇から金歯が覗いているような味気なさがあった。

北へ安東《アンドン》の方向にかなりの距離を走って、安東河回村《アンドンハフェマウル》で降りる。まわりをぐるりと川で囲まれたこの土地は柳《リュ》氏の同姓村で、両班《ヤンバン》（支配者階級）や庶民の家々がほぼ昔のまま保存されている。現在も一二〇余りの世帯が暮らしていて、道には大小の面や白い大きなせんべいを売る店がいくつも出ている。面はこの地の娯楽であった仮面の舞に由来している。おもしろそうな家がいくつもあったが、村の入口に近いヤンパンの家を見学する時間しかないようだった。パンフレットによれば一八三六年に建てられたという。文禄・慶長の役の一部始終を記録した「懲毖録《ちょうひろく》」の著者柳成龍《リュソンリョン》もここに住んだことがあった由。彼は当時、現在の国務総理にあたる領議政《ヨンイジョン》を務めていた。

男女の居住空間がはっきりと分かれているのが、この種の家屋の特徴であるというI先生の説明を聞く。同様に儒教の教えを反映して、ヤンパンの家であっても装飾のない質素な造りであるとのこと。そこから儒教へと話が発展した。日本の儒教でもっとも重んじられるのは「忠」、それにたいして韓国では「孝」である。公のルールにそむいても孝を尽くす、という説明を聞きながら、ある本のなかに韓国人には日本的な本音と建前という二重性は存在しない、と書いてあったことを思い出す。親子の愛を中核として、外側に血縁共同体、地縁共同体があり、それが国家、民族と拡大してゆく同心円が韓国人にとっては人間本来のあり方だと。忠臣蔵のようなドラマは韓国では理解されにくい、というI先生の話はおもしろかったが、説明のあいだ見学のほうはストップしているわけで、どうして長い道中のバスのなかで、こういう話をしてくれないのだろうと不満を感じる。

表に面した部分をぐるりと回って裏手から入ると中庭を囲んで女性の館があり、柔和な表情のおばあさんが縁側に座っていた。エリザベス女王がお茶を飲んだという同じ場所に腰かけておばあさんと一緒にかわるがわる写真におさまった。甘酒をうすめたような冷たい飲み物がふるまわれた。

中庭から出てくると、白い花が盛りの大きな梅の古木があった。質朴な大きな古い邸の近くに立つものとして、これ以上似つかわしいものはないという風情である。

夕食は実にいろいろな種類の料理の小皿の並ぶ「定食」ふうだった。運悪く斜め向かいにI先生が座り、煙草の煙に悩まされる。夕食後、添乗員の山岸さんの提案で、参加者がひとりずつ自己紹介をした。初めからその印象はあったが、参加者それぞれの話を聞くうちに、ほぼ全員がI先生を講師とするツアーのリピーターであることを確認した。ほとんどの場合、某大学の社会人向け講座でI先生の講義を聴講したのがきっかけのようだった。

「今回一番嬉しいのは、I先生が車椅子ではなく歩いておられることです。お元気になられて本当によかった」と開口一番に言った人がいた。この前のときは空港に車椅子が出迎えたという。みながI先生の大ファンなのである。今回新参は三人、私たち二人のほかにもう一人いた。そのことに触れてI先生が言うには「みな今までに参加したことのある人ばかりで、新しい三人はもぐりということになります」。私は一瞬耳を疑い、それから猛烈に腹が立った。「もぐり」とは正規の料金を支払わずにもぐりこむ者のことではないか。授業料を払わずに、正規の学生に交じって教室にもぐりこむ学生のように。

参加者はみな良識と節度のある、気持ちのよい人ばかりである。それは二日一緒に行動してわかっていた。ただ喫煙も暴言も、名前のかわりに「おばちゃん、おばちゃん」と呼ばれることも容認し、むしろそれを嬉しがってさえいるような気配だけは共有できなかった。

ホテルではなく、安東国学文化会館という研修センターに泊まった。四つ星ホテルなみに設備の整った立派な建物だが、ホテルにあるような売店のたぐいはなくて、使い捨てカメラは買えないままである。

気持ちがねとねとしていて、そのなかには自己嫌悪があった。ファンたちに先生、先生、と持ち上げられて、平気で暴言を吐き言いたい放題を言うI先生のなかに、自分を見るような気がした。私もあんなふうではなかったか、自分の気づかぬところでどれほどか人に不快な思いをさせたことだろう。

三日目

昨日はどうにか持ちこたえていたが、この日朝から雨。気温も低くて手袋が手放せない。慶州《キョンジュ》に向かって移動する道すがら、バスから降り傘をさしていろいろなものを見た。木立を背に下界を見下ろす石仏の頭部や、道路のすぐそばにあるレンガ造りの七重の塔など、単独の建造物もあれば、陶山書院《トサンソウォン》、鳳停寺《ボンジョンサ》、石窟庵《ソックラム》など広い敷地を持つ名所もある。

鳳停寺の極楽殿《クンナッチョン》は韓国でもっとも古い木造建築と言われている。I先生の説明にしたがって目を凝らすと、柱には法隆寺のようなエンタシスが認められる。屋根がもっと高いほうが美しいがそれに必要な木材が不足していたとのことで、たしかにそう言われて眺めると、この極楽殿も、またこのあとで見る他の寺の建物も優美というには少々ずんぐりしていた。

立原正秋の小説『冬のかたみに』のなかに、無量寺という名で登場するのは、この鳳停寺だということを初めて知った。立原正秋の愛読者だという参加者の一人が、秋にこの寺を訪れて小説に描かれた風景さながらの寺のたたずまいを眺め、鐘の鳴る音を聞いたときのぞくぞくするような感動をみなを前にして語った。おっとりとした口調で話す品のよい女性だ。立原正秋は、この寺で子ども時代を過ごしたと言われているのだそうだ。ごつい四角い顔をしているくせに、中年女性を描かせたら右に出る者はいない、とI先生が言った。だがあの野郎、両親が韓国人だということを隠している。自伝的な『冬のかたみに』では、父親は貴族の血を引く韓国人、母親は日本人にしてある。有名作家になってそれがハンデにならなくなっても隠している。それは許せない、とI先生の話は続いた。松坂慶子だってそうだ。人間にとって自分の出自は本質的重要性を持つものだ、それを隠すとは何事だ。

たしかに。出自は単に生まれた土地ではない。その土地の文化、それにもましてその土地が置かれた政治的状況が人のアイデンティティの重要な部分を形成する。韓国という出自、日本という出自。

寒いのでバスに戻るとほっとする。だが遅い昼食にはすてきなサプライズが待っていた。バスはサンフランシスコのフィッシャーマンズ・ワーフを思い出させるような海辺の町に出て、大阪のかに道楽そっくりの赤い巨大な蟹の看板が掲げられている、その近くで停まった。どの店の店先にも、手足も動かせぬほど蟹が詰めこまれた水槽があり、そのそばでそれらを茹でる湯気がもうもうと上がっている。部屋に通されると大きな皿に載せた蟹の山が運ばれ、客から見える場所で二人の若い女性が鋏でパシパシと音を立てて蟹を解体しはじめた。最上の蟹が供せられるこの店を選んだのはI先生のはからいだという。私は彼の煙害も、「もぐり」だと言われた恨みも一瞬忘れてにこにこした。おいしい蟹が食べられるならたいていのことは許せてしまう。

それなのに、私と向かい合って座ったI先生はなぜ私を「おばちゃん」と呼ぶのか。名前があるではないか。なおも話しかけようとする先生を遮って「おばちゃんではありません」と私はぴしゃりと言った。先生は一瞬ひるんだが、「それなら若いおばちゃん」と言い直した。北條さんと呼んでください、と私は言いたかった。そして相手が日本人だったら率直にそう言ったかもしれなかった。韓国人である相手、日本人である私。どこかで私は遠慮している。日頃ユーモアのオブラートに包んで、言いたいことを言うのは得意のはずなのに。

脚、爪、胴が仕分けされ山積みにされた皿が運ばれてきた。鋏や肉を掻きだす細い棒はすでに置かれている。なんと甘みのある上品な旨さだろう。身はしこしことした細い糸になって口のなかでほぐれてゆく。斜め向かいのドスの効いた声の女性がお酒を注文してふるまってくれて、ゆるやかに体を温めるアルコールと蟹で私は無上に幸福になった。最初は夢中で食べ、ゆとりができると、丹念に身をほじりだして皿の上に貯え、ゆっくりと味わった。

慶州に入って最初に訪れたのは石窟庵《ソックラム》。翌日見る仏国寺《ブルグクサ》と並んで世界遺産に指定されている。箒のあとの残る幅広の白い道を上ってゆくと、これから咲こうとする桜の無数の蕾が薄いえんじ色の煙をたなびかせ、その下に鮮やかに彩色された建物が見え、左手の建物から入ると、ガラスの仕切りの向こうに、花崗岩のドームを背景にしてはっと息を呑むような巨大な如来坐像が燦然と光を放っていた。花崗岩でできたこの仏像は本来白色のはずだがライトのなかで金無垢に見える。体温が伝わってくるような大きな体で、世界の人々を包みこむような優しさがあった。

その巨大な仏像を見たあとでは、寺に散在する大小の建物がなにか可愛く、寺全体が箱庭のように感じられる。前を歩く同じツアーの人たちも、弧を描くように箒を動かして道を掃いている人も、ひとまわり小さくなったような。

この日泊まる慶州のコーロンホテルで、以前垢すりとマッサージをしてもらった、という話を同行の何人かからバスのなかで聞いた。着いてみると、それまでの宿泊場所と違って、都会の雰囲気に包まれたホテルだった。ロビーに広いコーヒーショップがあり、その入口に置かれたショーケースには大きなおいしそうなロールケーキが並んでいる。遅い昼食で大量の蟹にありついた胃袋はまだうっとりしているし、夕食に費やす時間に垢すりを体験しようと、夕食はキャンセルして、早速垢すりの予約を取る。三木さんは垢すりは敬遠して脚のマッサージ、私は両方を予約した。時間まで浴場で待っていてくれと言われて、三〇分以上、広い浴槽に入ったり出たりを繰り返して体を十分にふやかした。

浴槽の片隅にカーテンで仕切られた場所にビニールを敷いたベッドがあり、ブラとショーツだけの若い女性が威勢よく体をこすりはじめた。たわしのようなものを使っているらしいが、横になっているので、よくは見えない。片腕を持ち上げて、指先から腕の付け根まで何往復かするうちに、腕からバラバラと顔に降りかかってくるものがあり、指でつまみあげてみると、メリケン粉をこねたような米粒ほどの白い垢だった。どこについていたのかと思うような垢が降り、体の上に溜まった。さすがに顔はこすらなかったが、ねっとりしたものが塗られ、身振りで指示されるままに顔をあげると、太いホースで真正面から湯をかけられた。

脚のマッサージはリフレクソロジーといわれるものだったが、猛烈に痛かった。足の指と指とのあいだに手の指を入れて、指と指のあいだを極限まで押し広げる。押し広げながら足首を上下左右に回す。骨が砕けるような痛さに思わず足をひっこめると、また足首を摑んで位置につけ丁寧に押し広げる。爪楊枝を束ねたような感触のもので何度も指先をつつき、それから足裏のマッサージ。いつか日本でやってもらった足裏の指圧は、凝りがほぐされて気持ちがよかったのだが、今、彼女の指は私の足裏の中心に固い石のようなものを探りあて、それを懸命に潰そうとしている、そんな感じだった。ぜったいに潰れないものを潰そうとして力を加え、とにかく出口のない痛さだった。痛い、痛いと言うたびに彼女は軽く笑い、あなた、もしかして日本人に恨みがあるの？　と私は心のなかで呟いた。こんなことを思うのは相手が韓国人の場合だけであろう。日本人である私のなかに深く嵌めこまれた枠組みのなかから、そういうことばが出てくるのだろう。

三木さんが買っておいてくれた菓子パンを、ホテルの部屋で食べた。あら、私は気持ちがよかったわ、全然痛くなかった、と三木さんは言った。

四日目

この日はツアーのメンバーは二組に別れ、慶州の市内の寺などを見るグループと、南山《ナムサン》で新発見の摩崖仏、列岩谷《ヨルアムゴク》石仏座像を見るグループは夕方まで別行動をした。慶州は初めての私たちは市内見学を選んだ。

この日もときおり小雨が降り、傘を広げたり閉じたりしながらまず仏国寺《ブルグクサ》を見た。仏国寺も昨日の石窟庵も奈良の東大寺と同じころの建立で、ともに新羅全盛時代の仏教芸術として、世界遺産に指定されている。

正面の紫霞門《チャハムン》へと続く石橋を見上げる地点でI先生の説明を聞いた。石橋は建立時のものだが、あとの木造建造物は文禄の役で消失し、その後何回か再建されたものである由。大雄殿を奥に控えた、この紫霞門の部分は高麗時代と李朝時代との建築様式が混在しており、修復後にそれを見た藤島亥治郎という仏教建築の権威ともいうべき東大の先生は、これは何だ、と不快感を示したが、年を経て訪れたときには、これはこれなりによいと評価が変わったのだそうだ。この藤島亥治郎という名前は、別の場所の見学でもこの日たびたび登場し、韓国の主な寺のほとんどの修復工事に携わったというこの学者を知った。

紫霞門の奥の大雄殿《テウンジョン》とその前庭に立つふたつの塔、国宝の金銅仏をおさめた極楽殿《クンナッチョン》も見た。いくつか寺を見るうちに大雄殿や極楽殿など、どの寺にもある建物の名前と馴染むようになった。大雄殿は釈迦の徳を讃え記念する建物だという。

寺院の中心ともいうべき場所に塔があるのは寺院建築の初期のかたちで、もともとは仏舎利をおさめた塔が寺院の心臓部だったものが、次第に仏像が中心になってゆく、日本では大阪の四天王寺が塔中心の配置である、とI先生が説明した。こういう話が聞けるのは講師同行のツアーのよさである。煙草の煙と古くさいギャグと「おばちゃん」と、それからときにうっとうしい懐旧談がなかったらもっといいのに。

仏国寺でもっとも印象的だったのは、庭や周囲の自然のたたずまいだった。小雨のなか、芽吹きかけた木々が池を囲み、しだれ柳の薄緑が煙るような風景も、寺の背後の小高い斜面に見事に咲いた辛夷《こぶし》の花も目にしみた。辛夷の白は桜や梅のあたりに溶けるような風情ではなく、緑のなかにくっきり点々と打ちこまれていた。大きな石が組まれて傾斜のついた地面で建物を支えている組み方の巧みさにも感心したが、その近くの裸木の枝先に無数の水滴が透明な小さな花のようについている、そんな不思議な姿も今まで見たことがないものだった。

掛稜《クェルン》と呼ばれる陵、古墳の内部が見学できるようになっている天馬《チ》塚《チョン》を見た。掛陵では陵の手前に立つ石像のひとつが、体つきはずんぐりとしたアジア系でありながら、西洋人の顔つきをしているのが珍しかった。なぜこんなところに来たのだろうといぶかるように、目を伏せて首をかしげて少し悲しげだった。そのあたり一帯には新羅の王や王族の古墳がいくつもある。新羅一三代目の王を葬った天馬塚は、出土品のなかに天馬の絵があったことからそう呼ばれるようになったという。見学者の入口から入るとなかはきれいに整備されていて、古墳の切断面を示すようなかたちで、棺の上に積まれたおびただしい石があった。盗掘のためにはこれらの石をどける必要があり、それは不可能だったので、この造りの墓は荒されることがなかった由。一万以上の副葬品が無事で、現在慶州博物館に展示されている。天馬塚のすぐ近くに、ふたつがつながって瓢箪のかたちをした王と王妃の古墳があった。王妃の古墳から出土した馬具が藤の木古墳から出土したものと酷似していて、欠損部分があったので最初はよくわからなかった馬具がふたつ、相互に補いあって全貌が明らかになった次第をI先生が説明した。こういう話、わくわくする、と三木さんが言った。

埋もれていた断片が、何かのきっかけでまったき姿を取り戻す、点と点でしかなかったものが発見や類推によって一本の意味を持った線になる。考古学の喜びはそういうところにあるのだろうと、皇龍寺《ファンニョンサ》跡の巨大な礎石のそばでI先生の説明を聞きながら私は考えた。新羅最大の寺であった皇龍寺は、モンゴルの侵入によって破壊された。ながらく埋もれていた跡地を、藤島亥治郎がいかにして発見したか。ある日近くの山に登って下に広がる土地を眺め下ろした藤島は、区域によって草の色が違っていることに気づいた。表面の土の下に石があったり、踏み固められた道があったりして、そのせいで草の育ち方が違っているのではないかという藤島の推測が、おおがかりな発掘の端緒となった。そのいきさつをI先生は熱をこめて話した。

洋の東西を問わず同じようなことが起こるのだと、私は感に堪えた。思い出したのはイギリスの古物研究家アルフレッド・ワトキンズの『古い、まっすぐな道』という本である。生まれ故郷の丘陵を馬で越える途中、馬を止めて眼下の景色を見下ろしたワトキンズは、網の目のような線が、あたかも光る電線のように土地の表面に浮き出して、教会や歴史的に由緒ある場所で交差していることに気づき、一瞬の閃きのなかでそれが古代の道だと確信した。この本はその後の児童文学作者たちに多大のインスピレーションを与え、古いイギリスの姿を彼らが描きだすさいの手がかりを与えた。

抗争、略奪、侵略、あるいは平和時の交流にしても、丘の頂から古代の道を見るように、今までの日韓交流の長い歴史を見渡せる地点があればいいのに。遺跡のように、たしかで主観や感情に染められない実態が、光る電線のように浮き出ればいいのに。I先生の話を聞きながら、しきりにそう思った。

I先生は在日韓国人の研究者として、自分がいかに差別と偏見の茨の道を歩まねばならなかったか、だが日本人のなかには韓国を理解し愛し、韓国のために尽くした人々がいることを話していた。藤島亥治郎についで、安倍能成の名前が出てきて、わたしはおやおやと思いながら、昔わたしたちの結婚の媒酌人であった老人の顔を記憶から呼び戻した。彼は京城帝国大学教授であった時期に朝鮮文化に触れ、理解を深めたという。そして戦後学習院長となり学習院に東洋文化研究所を作って、アメリカから資金を得、『李朝実録』という貴重な歴史書をそこから刊行したという、初めて知る話だった。『李朝実録』は何冊か存在したが、文禄・慶長の際に大半が失われた経緯などが詳しく語られた。

I先生の話に、何か落ち着きの悪いものを感じたとすれば、それは激しい二分法ともいうべき要素だった。朝鮮の敵と味方。朝鮮を軽蔑した日本人と朝鮮を敬愛した日本人。そんなに簡単に分かれるものだろうかとわたしは懐疑的になる。確かに安倍能成の『李朝実録』の刊行事業は立派だ。しかし岩波書店と皇室（学習院）とアメリカと、左から右までを泳ぎ渡ったあの哲学者には、一筋縄ではゆかないしたたかなものがあったはずなのだ。誰だってそうなのではないか。平和主義者として知られる新渡戸稲造にしても、一高の入学式で朝鮮併合を讃える校長演説をしている。「とにかく今や我が国はヨーロッパ諸国よりも大国となったのである。諸君は急に大きくなったのである」

I先生の長々と続く懐旧談を聞きながら、こんな話、バスのなかですればよいのに、私たちを小雨の降る寒い遺跡に立たせておく必要はないのに、と次第に苛立ったのは、芋づる式に以上のような思いがたぐり寄せられてきたからだった。

新羅時代の武烈王《ムヨルワン》の碑と、新羅王朝の別宮、鮑石亭《ポソクチョン》を見てから最後の宿泊地釜山に向かった。武烈王の碑は、巨大な亀の背中に龍の浮彫のある石碑が置かれていた。亀と龍の組み合わせは高麗時代の典型的なデザインだという。鮑石亭の曲水の宴に使われたという人工池で、この日別行動をしたグループと合流した。

夕食はサムゲタンだった。I先生と席が離れていたのを幸い、新規参加者のTさんと、あの「もぐり」発言は許せないということでいっとき盛り上がった。

五日目

釜山に入ると、それまでハングルしかなかった街に初めて日本語があった。空港行きのバスが出るまでの時間、三木さんとホテルの周辺を歩くと、食堂の店先に「モーニングセット」というメニューが出ていて、韓国語、日本語、英語で料理の名が書かれていたり、店の名前が漢字だったりした。

空港に向かう前、最後の見学地龍頭山《ヨンドゥサン》公園に寄った。海に近い丘で、釜山タワーがそびえている。エレベーターで最上階に昇り、釜山の町とその向こうの海を見下ろした。薄曇りで遠くは霞んでいたが、ぎっしりと立つ四角いビルの屋上が眺められ、そのなかにはもと東本願寺であったという大きな瓦の屋根もあった。

タワーから降り、躍動する龍の彫刻や、文禄・慶長の役で日本軍をさんざんに苦しめた韓国の英雄李舜臣《イ・スンシン》の銅像のある広場で、I先生の最後の話を聞いた。秀吉の死後、日本軍が引き揚げるとき、一五八九年に最後の島津藩の兵士たちがこの広場に集結してここから日本に向かったこと、家康は関ヶ原で勝利をおさめたあと、対馬藩に命じて国交回復をはかったこと。朝鮮側の和睦の条件は、家康から謝罪の文書を出すこと、王陵をあばいた犯人を差し出すこと。対馬藩は偽書を作り、かつ対馬藩の青年二人を犯人に仕立てて送ったこと、などなど。

日本と韓国の古墳から出土した品が相補ってもとの馬具のかたちが再現された、そのような古代から、室町時代の日本人町、小西行長の城、文禄・慶長の役の爪あと、国交の回復、近年では考古学者たちが共同しておこなった遺跡の発掘など、「日韓交流の旅」と名づけられたこのツアーは、よく構成され準備されたツアーであったことを私は徐々に納得した。

I先生の話は、学部卒業のあと、自分が東大でも京大でも大学院での受け入れを拒否されたことへと続いていた。そのような話題になるととどまることがない。ふと見ると「もぐり」の一人のTさんは、はっきりとI先生に背を向けて、少し先の三分咲きの桜を見上げていた。

家康が国交を回復して爾来二六〇年余、日本と韓国は友好的な関係にあった。隣り合うふたつの国のあいだで、それほど長きにわたって平和が保たれたのは特記すべきことである。I先生は話をそう締めくくった。日本と韓国の関係は本来そうあるべきであり、それはしごく可能なことなのだ、と。パチパチという拍手こそ起こらなかったが、共感の表情が参加者のどの顔にも浮かんでいた。

昼食の石焼ビビンバはおいしかった。キムチの店でおそるおそる一番辛くなさそうな箱を買った。

二時間足らずのフライトで成田につく。国内旅行と変わらず、韓国は近い。だが私の胸のわだかまり、腹ふくるる思いのようなものが韓国を遠い国にする。疑問や主張をありのままに表現できない不満、相手を刺激しまいとする遠慮。「日韓交流の旅」というものの、思っても口に出して韓国人に言ってはならぬことがあるのだろう。また行きたいという、外国を訪れたあときまって湧いてくる願望は、今回にかぎって影をひそめていた。

シアトル買物旅行

1

今から書く話にとって、これは不適切なタイトルである。滞在したのはシアトルではなく、隣町のベルヴュー、しかも買い物が目的の旅行ではまったくなかった。タイトルはずれている。だが書くという行為にとってずれるのは宿命であり、ずれるからこそ書けるというのも宿命である。ベルヴューがシアトルになり、何旅行とも名づけがたいものを買物旅行と呼ぶくらい、何のさしさわりがあろうか。

空港から二〇分ほどで美奈夫妻の家に着き、スーツケースなどを私の使う部屋に運び入れると、いつものように「兄ちゃん」は庭に出ていった。美奈は夫を「兄ちゃん」とか「祐ちゃん」とか呼ぶ。カナダ生まれの三世で、見かけは純日本人なのに、日本語は簡単な日常会話以外はできない。私とは英語で話すが、それもときたまである。話好きでも雄弁でもなく、ほとんどの時間、庭仕事や道具や家具の修理をするか、テレビの前に座っている。もう八〇歳なのに、黒い頭髪がびっしり生えていて六〇代にしか見えない。「遺伝なのよ。あの人のお父さんがそうだった」と美奈が言う。

「姿勢がいいって、人に言われるけれど、背中を曲げると痛いのよ。ときどき忘れてものを拾おうとしてギャッて叫ぶ。立っているのが一番楽、座るときがいけないの」。そう言って彼女は立っている。若いときの交通事故の後遺症がこの数年、彼女を悩ませている。私はテーブルに向かって腰をおろす。

「結局手術はしなかったの？」

「やめた。成功の確率は五〇パーセントだって」

「成功しなかったら？」

「一生、車椅子の生活」

「あなたは変わらないわね」私にあいまいに視線を当てて美奈が言う。「でも空港で会ったとき毛が薄くなったなあ、と思った」

一瞬、私はひるむ。そんなこと言わなくたっていいでしょ。私は言わなかった。あなたは胴回りが太くなって、それが細い長い脚の上に乗っていて、まるっきりアメリカ人のおばあさんの体型になった。あなたのママそっくりの。でも私は言わない。

それからのろのろと考える。たぶん、私は優位に立ったのだ。なぜなら露骨に相手の醜さや欠点を口にするのは、美奈がそれだけ自分のマイナスを意識した証拠だからだ。画家の鋭い目で、相手のシルエットが自分ほど劣化していないことを見てとったからだ。無言のうちの観察と悪意と、優越感、劣等感のやりとり、それがこれから始まって一週間続くわけだ。中学生のときのように。

「エリックはどうした?」美奈の長男のその後を尋ねる。「兄ちゃん」が運転している車のなかでは訊きにくかった。エリックが最初に離婚したとき、彼が激怒したと聞いたことがあったからだ。二度目の妻エルシーとのあいだに三人の美しい子どもがあって、一〇年ほど前には幸福な、婦人雑誌のグラビアのような家庭が、美奈の家から車で半時間足らずの距離にあった。ところが数年後、エリックが突然離婚を言い出し、周囲の説得で思いとどまって、というところまで聞いていた。それを聞いたころから、美奈と私は、今まで何度も繰り返した絶縁状態に入り、情報が絶えていた。

「離婚した」

「やっぱり」

「新しい奥さんと少し遠くに住んでいるわ」

「馬鹿ね」私は思わず大声を出した。

「馬鹿よ。手がつけられない馬鹿」

「結婚なんか何度やったって同じだって気づかない馬鹿」

一番辛かったのは、両親が離婚したらもうバーバじゃなくなっちゃうのか、と三人の孫に泣かれたことだという。いつまでもバーバだよ、と言って聞かせ、今も変わらず遊びにくるのだそうだ。

「変なものよ。クリスマスに子どもたちが来るでしょ。エリックは新しい奥さんを連れてくる。エルシーは来ないわ。彼女にはボーイフレンドがいるらしい。私は気を使うけれど、子どもたちは案外平気みたい。そういうものだって思っているらしい」

「アンディは行方不明」。私が次の質問を出す前に美奈は次男の話に移る。ある日、アンディに送ったメールが返ってきた。何度送っても返ってきて、メルアドは無効だとわかり、だれに訊いても居所がわからず、連絡は途絶えたままだという。判事をしているエリックが仕事柄、調査ができる立場だったので事故や病院での死傷者をくまなく当たったが、死亡者のなかには名前がなかった。

「私のこと嫌いになったんじゃないの」ぼそっと美奈は言う。

「その前に何かあったの？」

「何も」

「突然？」

美奈は頷き、私は黙りこんだ。互いにメールのやりとりをやめていたあいだに、なんという変化が起こっていたのだろう。一番痛いことを、美奈はまず話して、済ませてしまおうとしている。その気配を感じる。この話題に深入りしてはいけない、と私は自分に命じる。息子にかんするかぎり、私はずっと幸せであるという安堵を、美奈に見せてはならない。

「そんなこともあって、私は鬱病になっちゃった。大分よくなったけど。ハチに死なれたことが一番こたえたのかもしれない。あんなに悲しいことはなかった」

美奈は小さな缶を戸棚から出して蓋を取り、アルミの薄い仕切りを切り取る。バーベキュー味のアーモンドで、食べはじめるとやめられなくなる。

この前にこの家に来たのは二〇〇一年の夏だった。そのとき耳の聴こえない白い猫と、ハチという名の黒っぽい猫がいて、ハチは人間と握手をする妙な猫だった。私が手を差し出すと少し肩をよじるように動かし、おもむろに右手をあげ私の掌に入れた。握手はだれとでもするわけじゃないの、あんたのこと気に入ったんだ、と美奈は言った。白猫が「兄ちゃん」の、ハチが美奈の猫だったが、二匹とも死んでしまった。今は茶白の猫が一匹だけいる。

私は引きずりこまれるように眠くなってきたが、今眠っちゃ駄目よ、と美奈が言う。今眠ったら夜目が覚めて時差が直らない。がんばって起きていなさい、買物に行こうか。

このアーモンド、売ってる？　チーズも買いたい。オイルサーディンの缶詰めも。ピアス、テーブルクロス、レスヴェラトロールという長寿の薬。

「鬱病だってどうしてわかったん？」

「異常に怒りっぽくなった。鬱病の症状って沈みこむだけじゃないのね。どうでもいいような小さなことに、自分でも理不尽な怒り方をするようになって、異常だって気がついたの。それでサイキアトリストを紹介してもらおうと思って、ドクターのところに行ったら鬱病だと言われて、薬を処方された。自分で異常に気づくならサイキアトリストの必要はありませんって言われた。薬は今でも飲んでいる」

「薬やめたらどうなるの？」

「また怒りっぽくなるのと違う?」

「飲むの、忘れないでよ。私がここにいるあいだは」

半ば眠りはじめたような体を椅子からはがして、車の助手席に乗りこみ、美奈の運転でスーパーマーケットに出かけた。

2 チーズ

美奈の家の前の広い道を左に行くと緩やかな下り坂となり、車内で目線をあげると真正面に遠い丘が見え、緑のなかに白や茶色の建物が認められた。道の両側には樹木、芝生、生垣。家々は奥まって建ち、車はあるが人の気配はない。道を歩く人もいない。平穏な明るさに浸されたゴーストタウン。アメリカの地方都市の、中産階級の住む郊外を舞台にした映画のセットのなかを移動しているようだ。道に面した場所に、一定間隔を置いて黒い金属性の郵便受けが五、六戸分ずつかたまって設置されていて、それが唯一生活の気配を感じさせる。

一〇分ほど走ったところで小さなショッピングモールに出、スーパーマーケットの前で美奈は車を停めた。初めてのスーパーなのに、不意に懐かしく感じたのは、Whole Foods という看板が、美奈からの小包に入っているチーズに貼られたラベルの名前だったからだ。

ショーケースのなかに、大小のチーズの塊が大量にごろごろと入れてある。それぞれラップされ、名前と値段がついている。名前はほとんどイタリア語かフランス語で、辛うじてゴーダ、黒コショウ、ブリー、スイス、羊などという英語の文字だけがわかる。三ドルくらいのものから高くても一〇ドルほど。白っぽいもの、黄色いもの、柔らかそうなもの、石鹸のようなもの、粒々が入っているもの、大きいもの、小さいもの、安いもの、高いもの——片っ端からカゴに入れていると、美奈の視線を感じた。するとチーズをカゴに入れる私の手はいっそう動きが速くなり、どこか挑戦的になる。

「そんなに買ってどうするの?」

「食べるの。あとはみんなにばらまく」

「帰るまで一週間もあるのに、どこに入れとくのよ」

そうか、と考え直して戻しかけると、地下の冷蔵庫に余地があるから、そこに入れといてあげよう、と美奈が言う。それで三分の一ほど戻して売り場を離れた。結局買ったのは一六個、払ったのは約八〇ドル九七セント、平均一個約五ドル、一ドル七五円とすれば三七五円。

こんなふうに記録できるのは、この旅行中のレシートは捨てないで日本に持って帰ろうと決めたからだった。持って帰りたいものは、むろんレシートではない。持って帰れるかどうかもわからない。しかし最終的に何を持ち帰るにせよ、それが無形のものである以上、無形のものを引っかける釘としてレシートが役に立つかもしれないのだ。

スーパーのサラダバーは羨ましかった。ありとあらゆる種類の生野菜、きのこ、ナッツ、フルーツなどサラダの素材を、ちょうどよいかたちにカットしたものがずらりと並んでいて、その種類はゆうに三〇以上、分厚い防水紙で作られた箱状の容器にトングで好きなものを好きなだけ入れ、何を入れようとレジでは総量で支払いをする。

美奈がほかの買物をしているあいだに私は赤ワインを二本買った。八ドル九九セントと七ドル九九セント。切りのよい数字にしないこの値段のつけ方は万国共通なのか。

帰宅すると美奈はチーズの袋を持って地下室に行った。地下室は「兄ちゃん」専用の空間らしいので、私は遠慮して足を踏み入れない。あてがわれた部屋でスーツケースの整理をしていると、入口を暗く埋めて美奈が立っていた。

「あんた、なぜ来たの？」と言う。

「会いたかったからよ」

ふん、というような声を漏らして美奈はいなくなった。

夜中、目が覚めて時計を見るとまだ一時である。倒れこむようにベッドに入ったのに、まだ四時間しかたっていない。しかし眠りは鋏で切り落としたかのように続きがなく、私は仕方なく起き上がった。どこかから洩れてくる光でほの明るいキッチンでグラスにワインを入れ、躓かぬようそろそろと歩いて居間にゆくと、美奈が一人でソファに座って、暗いなかでボリュームを限度まで下げてテレビを観ていた。大きなスクリーンのなかで場面が変わり、人が動くにつれてひらひらと光が部屋を横切る。私は美奈の横に座った。

隣の美奈は黒く蹲《うずくま》り、光を通さないブラックホールのようだ。大きな目の、息をひそめたような表情は見なくてもわかる。おそらく毎晩眠気がやってくるまで、こんなふうにテレビに向き合って、間歇的にスクリーンが投げてよこす光をはじき返しながら座っているのだろう。

会いたかったからよ、というのは嘘だ。嘘でないにしても場違いなことばだ。隣にいるのはもっと固く、無機的で、周囲から自分を閉ざした存在である。

「あなた、自殺しなさんなよ」。そう言うと美奈の肩がぐりっと動いたような気がした。

映画ならここで夜の居間と二人の老女はフェイド・アウトする。あるいは画面が一瞬真っ黒になり、そこから窓が開くように明るい場面がズーム・イン。二人は半世紀以上前の高校生、場面は教室、お弁当の時間である。

中学時代は給食だった。当番が大きな平たい番重に入れた給食を教室に運びこむ。湯気の立つシチュー、肉じゃがのような煮もの、ハンバーグにポテトサラダなどが定番で、ご飯は別にボウルに供された。欠席の生徒の分は返さずに教室のなかで処理した。

「ミーコ」「ミーコ」と生徒が口ぐちに呼ぶ。美奈はミコと呼ばれていた。

「ミーコ、食べなさーい」

ミコはうしろのほうの席から踊るようにして出てくる。パントマイムで今にも空腹のあまり倒れそうな乞食を演じ、余りの給食を押し戴く仕草で給食を受け取ると席に戻ってゆく。級友たちは喜んで拍手喝采をする。彼女は物まね上手の道化役者で、学年じゅうの人気者だった。教師、牧師、上級生、自分の母親、声色を巧みに使い分けた。講談師や浪曲師の真似もした。私たちはミコを取り囲んで、それとなく催促をする。たとえば教室のバルコニーにグループだけでかたまって、眼下の木々を見下ろし「風が出てきたよ、揺れてる、揺れてる」などと言ってくすくすと笑うと、ミコはリクエストを察して「江戸の火消し」を講談調で語りはじめる。火事の知らせに火消しの頭領が纏《まとい》を持って屋根に登り、それを右に左に派手に振り回す、その姿をやってみせてから、気合いを入れると、声を深くしてさわりの一行をゆっくりと語る。

「揺れるのは纏《まとい》ばかりではありません！」

キャーッ、キャーッ、グループの数人はそのたびに奇声をあげて笑い転げ、その声の大きさでグループ以外のクラスメートたちを弾き飛ばす。ミコがいる私たちのグループは特権的で排他的な存在だった。

彼女の物真似やパントマイムや道化はいわば彼女が自分でとりつけた殻で、その奥にはヒリヒリと赤むけになった皮膚があることを、殻を作ることで辛うじて人とかかわることができるのを、私は徐々に知ることになる。中学生のころから薄々感じていたのかもしれない。薄々感じながら同時に、それは好意的すぎる解釈だと自分を押しとどめたかもしれない。美奈のことばや行為をある方向に解釈すると、必ず揺り戻しが来てその解釈が否定される。それほど彼女は複雑な人間で、私のあらゆる好意をせき止めるほど私をしばしば傷つけた。

そして、高校時代のある日の昼食の時間。二人は別々のクラスだった。早く食べ終わった美奈が、まだ食べている私のところにやってきた。そして私の前のサンドイッチをさっと摑むと、パッと開いた。そして大声で言った。

「何よ、これ！」

それは貧しいサンドイッチだった。正方形の小型の食パンの真ん中あたりに二切れのチーズがあるだけ。パンに敷き詰めるだけのチーズがなかったのか、あっても敷き詰めるのは勿体なかったのか。当時の日本でチーズは奢侈品だった。駅前の輸入食品を扱っている店だけで買うことができたが、明治だったか森永だったか、矩形で数センチの厚さのプロセスチーズだった。その二切れを真ん中に置いただけの白々したパンが、美奈の声が呼び寄せた級友たちの視線にさらされていた。

見る見る顔が赤らむのが自分でもわかった。ほかの場面ならいくらでも言い返すことができた。美奈と私は絶えず舌戦をやっていて、勝負は互角だった。だが二切れの小さいチーズはどのような言い繕いもできなかった。

それは私の家がもっとも経済的に困窮していた時期で、私の心はしばしばどこにも持ってゆきようのない憎悪でいっぱいになった。憎悪のターゲットはまず身近な人間だった。私は美奈を憎み、その次には、こんなサンドイッチを持たせた母を憎んだ。内職に追われる母は娘の弁当に時間をかけることができなかった。料理は上手かったが、チーズといえばパンにはさむことしか思いつかない程度に西洋風の食事には暗かった。母への憎悪の底には、アメリカ人を母親に持つ美奈への理不尽な羨望があったにちがいない。だがこれは後に、あの時期を多少客観的に捉えるようになったとき気がついたことである。

実際、中学・高校を通して美奈がほしいままにした人気は、彼女の物真似のためだけではなかった。母親がアメリカ人だということが、オーラのように美奈を取りまき、彼女が母親のことばを英語で再現して見せると、私たちは映画の場面を見るようにうっとりとそれを聞き、自分たちとは違う家庭の情景を思い描いた。戦前は大きな商船の船長であった美奈の父親は失業しており、母親が英語の個人教授で支える家計は逼迫しているようだったが、それでも美奈の家にあるのは文化的でしゃれた貧困だと思えた。

美奈はたびたび、自分たちが戦争中に受けた迫害の話をした。道を歩いても、乗り物に乗っても、どれほどとげとげしい視線にさらされたか、あからさまな暴言を浴びねばならなかったか。皮肉にも、敗戦と同時にデモクラシーの国アメリカは日本の規範になり、アメリカ婦人に向けられた暴言は称讃に、憎しみは崇拝に変わった。戦時中の「ママの苦難」を繰り返し聞くにつれ、私のなかに独り言が生まれた。あなたの苦労話って自慢みたいね。それにあなたはパパよりも、だれよりもママの話ばっかり。それって、ママがアメリカ人だから?

3

毎日が憎悪のやりとりであったあのころ——

美奈はおよそ服装に無頓着で、いかにも姉たちのおさがりという服を着ていた。おさげ髪で皮膚は浅黒く、冬はズボンに黒っぽいジャケットの彼女を見て、職工さんみたいね、と私の母は笑った。生徒たちのなかにはリボンをつけ、ひらひらとしたワンピースを着ている者もいて、美少女ということばはそういう生徒たちのためのものだった。だが美奈が美少女であることを知っている人間が一人いて、それは本人だった。

そのころからすでに抜群のデッサン力を発揮していた美奈は、大きなスケッチブックを持ち歩いていた。机の上に投げ出されているようなときには、私たちはそれを開いて、物語の挿絵のような風景画や、人物画を眺めては感嘆した。どの絵にもページの下には*Minna*というサインがしてあった。

あるページに美しい若い女性のデッサンがあった。顔を斜めに向けて形のよい後頭部を見せ、巻き毛に囲まれた顔の、長い睫毛に縁取られた目は少し思いつめた表情を浮かべて、遠くを見ている。少し開いた唇からは日本人のものとは明らかに違う、綺麗な歯並びが覗いていた。

美奈が未来の自分を描いた絵だ、と私にはわかった。彼女の空想のなかにはこんな自分のイメージが住んでいるのだ。*Minna* というサインはこの絵のタイトルでもあるのだ。一緒にそのページを見ている級友たちはどうして気づかないのだろう。少し寸詰まりな鼻も、大きな瞳も美奈にそっくりだった。彼女がおさげ髪をほどいてカールさせ、職工さんふうの衣服を脱いだら、この絵の女性になるのだ。

そんなことはおくびにも出さず、美奈は自分の容姿をことさらこきおろしてみせた。私たちのグループにはノートがあって、めいめいが書きたいことを書いてまわしていたが、あるときそのノートに彼女はグループの一人一人の将来を予言した。……Aちゃんは妖艶な美女になるでしょうよ、Bちゃんは清楚で貞淑な奥さんになりそうね。Cちゃんは……

そして最後にこう書いた。「しかしおよそ美の規格からはずれた人間も存在する。フミちゃんと私は完全にその規格からはずれる者である」

それを読んだときの焼けつくような憎悪を今でも思い出す。自分に潜む美貌を百も承知で美奈は書いているのだ。そのほかにも美奈はことごとに私の容貌をあげつらった。皮膚が過敏で、冷気のなかで鼻の先が赤くなると、赤鼻のトナカイ君とからかい、あなたの目って睫毛がついていないのね、と言った。

あの時期の女子中学生にはひどく残酷なところがあって、豚に似ているからブーちゃんと呼ばれ、猿のようだからモンちゃん、下駄みたいな顔だからゲっちゃんと綽名される子もいた。だが美奈にも私にも、そのたぐいの綽名はつかなかった。美奈は、ミコ、ミコと呼ばれ、旧姓鬼頭である私の綽名は鬼頭閣下、やがてそれが短縮されてキーカッカになった。ミコとキーカッカ。キーカッカとミコ。二人は無二の親友と見えながら、互いの心の皮がすりむけて血が滲むまで傷つけあい、その意味で無二の親友なのであった。

美奈だけが悪いのではなかった。中学二年生のとき、私はたぶんもっとひどい方法で周囲の級友たちを巻きこみ、美奈にいじめを仕掛けたのだから。たぶんそのときのショックが彼女の心を抉り、私にたいする嫌悪をたぎらせたのだから――

六〇年を経て、時間に濾過された嫉妬や憎悪は、奔流が流れ過ぎたあとの白い砂の道のように、フェイス・リフティングの痕跡を残す美奈の左頬の細かい線や、薄くなった私の白髪のあたりに浮遊している。ミックス特有の美奈の美貌も、美奈があげつらった私のみっともなさも、どこか遠くに退き、しかし顔色にくすみがないぶん、私のほうがましかもしれない、と私は優越感を覚える。優越感が私を優しくする。

「片づけものとか、庭仕事とか、一人でやっていると嫌になっちゃうことってあるでしょ？」私は言った。「ここにいるあいだに私が手伝う。だから何でも言って。二人でやろう」

「やめてよ」美奈は答えた。「あんたが来てくれたの、私にとってどんな特別なことだかわかんないでしょ？　ここにいると二週間くらいだれとも口をきかないことだってある。話す相手がいない。だから喋りたい。仕事なんかないもの」

たしかに「兄ちゃん」が庭仕事や家の手入れや修理を一手に引き受けている。昼間のほとんどの時間は庭にいて、庭には東屋風の休憩所も木陰の椅子もある。

「それよか、買物がまだあるんでしょ？　ほかに何を買うの？」

私はバッグから手帳を取り出し、リストを読みあげた。

「ピアス、テーブルクロス、レスヴェラトロール」

「何よ、それ？」

「長寿の薬だって。テレビでやっていた」

「長生きしたいの？」

「友だちに配るの。みんな長生きしてほしいわ」

私には同性の友だちがごまんといて、それも話のできる人ばかりを友だちに選んだのだから、二週間も無言という状況はあり得なくて、諸々の会合や食事や遠出や映画の約束で手帳はいつも黒々と埋まっている。

そんなことを自慢しようというの？　と一応自分に釘をさしておく。

「昨日ここで食べたナッツをいっぱい買いたい。それから太郎に何か、Tシャツみたいなもの。蟹も食べたい」

このあたりの店ではトラベラーズチェックは使うのが難しいと美奈が言うので、まず銀行に行って現金に替えることにした。日本なら一〇月ごろに使う薄手のジャケットを羽織って助手席に座り、昨日と同じ緑豊かな、まどろむような風景のなかをダウンタウンに向かう。相変わらず、住宅のまわりに人の姿はない。

たしかに人のひしめく東京とは違う。友だちがどれだけいようとも、広大なアメリカのあちこちにばらまかれてしまえば、日常的に会うことは難しくなる。

それにしてもだれとも話すことなく二週間、という状況は美奈自身が招き寄せた部分もあるのではないだろうか。滑るように走る車のなかで眠気に襲われながら、アリとキリギリスという幼稚な比喩がぼんやりと頭に浮かんだ。美奈はキリギリス、私はアリ？　とすれば私がせっせと貯めこんだものは何だっただろう？

4　ピアスなど

トラベラーズチェックを現金に替えるために、その日はまず銀行に行った。小規模のショッピングモールの角にある小ぢんまりとした銀行で、ほかに客はいなかった。

窓口の青年は、TCを初めて見たかのような慌てぶりだった。渡したTCを握りしめて席を立ち、奥からおばさん行員を呼んで立ち話、そこにもう一人中年の行員が加わって相談をし、やがてOKとなったらしい。三人は解散し、青年が私を窓口に招き寄せて、デノミネーションはどうするか、と訊いた。

全部混ぜてください、と言えば、一ドル五枚、五ドル三枚、一〇ドル三枚、五〇ドル三枚、あとは一〇〇ドル札というふうに混ぜるのが常識であろう。だが顔を紅潮させて彼が作った札束は、一〇〇〇ドルを五等分して、一ドル札二〇〇枚、五ドル札四〇枚、一〇ドル二〇枚、五〇ドル四枚、一〇〇ドル札二枚。使い古された札の束はごわごわとかさばり、私と美奈は思わず顔を見合わせたが、ここで注文を出したらさらに待たされるだろう。札束をバッグに詰めて外に出たが、一ドル札二〇〇枚と五ドル札四〇枚を使い切るのは骨が折れた。

ここは本当に田舎ねえ、内心で呟くと、今まで美奈にたいして何度も繰り返してきた呟きがそれに続いた。あなたは画家として、こんな土地にいてはいけなかったのよ。ニューヨークか、東京か、パリか、もっと一流の才能が集まって切磋琢磨するような場所で活動しなきゃ駄目だったのよ。この眠ったような小さな街の、トラベラーズチェックを見たことがないような銀行員や、何を見てもグレイト！　と褒めるような人たちのなかにいたら伸びる才能も伸びないでしょうが。

一般の人々のみならず、美奈の教える州立大学のスタッフでさえ、大都会では通用しないレベルではないか、と思わせるエピソードも過去にあった。ポスト構造主義批評が大流行だったころ、私は物知り顔に美奈への手紙でディコンストラクション（脱構築）ということばを使った。純文学と大衆文学であったか、芸術とキッチュだったか、とにかくその種の二項対立の構図はもう通用しないという話の関連だったと思う。英文学の教授を摑まえてディコンストラクションって何ですかと訊いたが、知らないと言われた、と美奈が書いてきて、私は鬼の首を取ったように息まいた。「ポスト構造主義が席巻しているこの時代に、英文学の教授がディコンストラクションを知らなくてもやってゆけるとはね！」

一分間モデルを眺めたら、写真のようにその姿をデッサンで再現できるという美奈の才能は疑いようがなく、個展は常に好評で、ミナ・サノの名は西海岸では次第に知られるようになった。だが彼女の絵が器用さだけでまとまっていると、ある時期から私は感じはじめた。漠然とセンチメンタルで抒情的。綺麗だけれど深みがない、思想性に欠けている、と思い、美奈にもそう言うと彼女はかなり気にしたようだったが、私の感想も漠然の域を出ず、ニューヨークや東京で仕事をしていたら、あなたの枠を破壊させる刺激があって、もっと違う絵が生まれたのではないだろうか、という思いにいつも帰着した。そもそも、あなたは「兄ちゃん」なんかと結婚するべきじゃなかった、子ども二人を生んで育てて小市民的な生活に安住すべきではなかった、もっと自由に贅沢に奔放な生活をして一流の画家になってほしかったのに……

もちろんそれは友情から出たことばでなく、底意地の悪さと、そらごらんという嘲笑とがたっぷり含まれていた。美奈への嘲笑は、それが自分にたいする嘲笑でもあるぶん、むやみに意地悪くなるのだった。美奈の小さな成功と大きな挫折は、私自身のそれとぴったり重なっていた。私に才能があったとはいえない。しかし私とて、人並みに家庭を持ち勤め人の生活をするかわりに、背水の陣で努力したならば、もしかしたら小さいときからの野心であった小説家になれたかもしれなかった。

だが意地悪さはどこかで憐憫と表裏をなしている。相手への憐憫だけでなく、自分への憐憫でもあり、予期なく訪れる自分の気持ちの変化に私は戸惑い、振り回される。

たとえば今、街の中心地にある大きなショッピングモールの駐車場で車を下りて、道路の上に渡された連絡通路を歩きながらふと見下ろすと、大きく枝を広げた街路樹の緑が息を呑むほど美しく、つややかに明るい柔らかい緑が別天地のような空間を作り出していた。思わずカメラを向けて切り取る画面を確かめていると、眼下の街路樹と重なって脳裏に浮かんできたのは立教女学院のあの庭の芝生で、そこに中学二年の美奈と私がいた。

初めて同じクラスになった美奈が、友だちになりたいという意志をはっきりとあらわして近づいてきたとき、それまで友だちを教室で席が隣とか、帰宅の方向が同じとか、そんなふうにしか意識しなかった私は、自分が美奈に選ばれたことに舞い上がるような幸福を感じたのだった。二人はいつも一緒にいるようになり、授業中にも手紙を書きあい、教師の目を盗んでそれを渡した。幸福が砕け散るまでに長くはかからなかったが、それまでの蜜月のような楽しさは、いつも立教女学院の芝生や藤棚の渡り廊下と結びついて思い出される。突然、美奈に向かって優しい気持ちが流れだし、似たり寄ったりの人生を歩んだ者同士である自分たちへの憐憫が喉をしめつけた。

ショッピングモールにはシアトルを本拠地とするノードストロームと、全国展開のメイシーズというふたつのデパートが入っている。メイシーズに入ると、入口のすぐ近くにアクセサリー売り場があり、そこでピアスを三個買った。縒り合わせた金色と銀色の輪が耳からぶら下がるもの。金色と銀色を小さくまとめたもの。耳たぶをはさむかたちの、金色と紺色のリバーシブルのイヤリングは妹への土産である。ピアスは各一三・五ドル、イヤリングは一〇・五ドル。合計四一ドル余りだが、一ドル札を四〇枚数えるのは恥ずかしく、五〇ドル札を取り出した。支払いをしていると「もっとよく見なさいよ」と美奈が言った。どうせトリンケットだもの、千円くらいのものだから何でもいいよ、と私は言ったが、美奈は動こうとせず、じっと大きな目を黒々とショーケースに注いでいる。美的関心かもしれないし、自分ならどれを、と考えているのかもしれない、それとも私に似合うものを見つけようとしているのか。

だがノードストロームの売り場で私は後悔した。ここのほうがデザインのよいものがある。これどう？　と美奈は小さな金色の球状の多面体の、ぽっちりとしたピアスを選んだ。

今までのものとくらべて断然デザインがよい。同じかたちで銀色のものも買うことにした。どちらも三二ドル。同じ売り場でイミテーションのダイヤのピアスのセールをやっていた。私が持っている本物よりも少し大きく、本物よりもきらめき、だがどこかあっけらかんとした光り方だ。積み上げたピアスの小箱の上に二七・九ドルとある。二五〇〇円でお釣りがくるわけだ。

「イミテーションだってわかる?」試着してみて、私は美奈に訊いた。

「わからない」美奈は私の耳たぶにじっと目を当てている。

「堂々としていれば本物に見えるよね」

「本物のダイヤくらい買いなさいよ」美奈が言った。

「持ってるわよ」私は強く言い返した。「ペンダントだって、指輪だってあるわ。これを買うのは、お金持ちがやることをやってみたいだけ。本物は銀行に預けて、普段はイミテーションをするの」

ふん、と美奈は鼻を鳴らした。

どうしてあなたは私がいつまでも貧乏だと思いこんでいるの? 思わず口から出そうになるのをせき止めると、かえって蛇口をあけたように、それに続くことばが自分のなかに溢れ出た。——あなたのなかでは時間が止まったみたいね。大学二年生のとき、船でアメリカに旅立つあなたを横浜港で見送った一九五六年のあのころとは何もかも変わったの。日本は高度の経済成長を遂げたし、私は専任の教員として大学で四〇年近く働いた。なのに、あなたにはその実感がないみたい。ドルの世界にいるかぎり、変化は感じられないのもしれないけど、あのころ三六〇円だった一ドルは今じゃその四分の一以下。たとえばあなたはトワイニングのティーバッグを送ってきて、日本では珍重されると思っている気配があるけれど、トワイニングなんて番茶みたいなものよ。東京ではマリアージュフレールとかジークレフとか、豊富な品揃えの紅茶専門店があって、グラム単位で超高級なお茶を買う人がいっぱいいるのよ。

美奈はアメリカで、彼女のおばが住むウィスコンシン州の大学に入り、在学中に、同じ大学にカナダから来ていた「兄ちゃん」と結婚し、卒業後カナダのケベックで数年間小学校の教師をした。奨学金を返すために働く必要があったのだ。学生時代、彼女は看護師、彼はビルの清掃員などのアルバイトに追われたという。だが小学校に勤務していたころのある夏、里帰りで来日したとき、美奈は垢ぬけてりゅうとしていた。髪を結いあげ、大きなボタンのような白いピアスをつけて、紺色のノースリーブのワンピースを着ていた。しなやかな体はモデルのよう、小麦色の皮膚はつややかで、あれは美奈が一番美しい時期だった。

私はといえば、人生のどん底にいた。大学院の修士課程を終えて高校の非常勤講師と家庭教師で乏しい収入を得ながら、将来の職の見通しもなく悶々としていた。恋愛は破綻し、それが原因で博士課程進学は放棄せねばならなかった。里帰りの美奈を交えて、数人で伊豆に旅行に出かけたときの写真には、ぎすぎすに痩せて落ちぶれた旅芸人のような私の浴衣姿がある。

旅館のフロントで支払いのためにめいめいが財布を取り出したとき、美奈の財布にははみ出さんばかりに一万円札が詰め込まれていた。円に替えると嵩張っちゃう、と美奈は言い訳のように言った。私はわれ知らずさもしげな目になっていたのではないかと思う。為替レートという仕組みをヴィジュアルに理解した瞬間だった。

美奈が横浜港を発つときに御餞別として渡した浴衣地のことが、そのとき思い出された。品物を選ぶのに自信がなくて店まで母についてきてもらった。アメリカなら派手な模様がいいだろうと紺地に大きな花柄を選ぶと、私の財布には馬鹿にならない値段だったが、人にあげるのは上等なものじゃなきゃ駄目というのが母の口癖だった。美奈を見送って数日後にbeautiful Yukata-ji をありがとうというママからの英語の葉書が届き、私は翻訳して母に聞かせた。

美奈のはち切れそうな財布が目蓋に蘇るたびに、私は思った。私だったら空港でチョコレートを山ほど買ってきて友だちに配るのに。私だったら宿の支払いを割り勘にせず、さっさと自分で払ってしまうのに。私だったらみんなを招んでご馳走をするのに。

末っ子の美奈と長女の私とでは、おそらくそういう気配りが違うのだ、と考えた。美奈の家庭のアメリカ式贈答の習慣と、商家育ちの私の母親の常識とは違うのだろう、とも思った。だがこの「私だったら……」はその後ことごとに頭をもたげ、美奈との交流が幾度か途切れるきっかけを作った。

ピアスのあとは、メイシーズに戻ってテーブルクロスと揃いのナプキンを六枚買った。全部で七〇ドル四セント。我が家の食卓が横に長すぎて、日本のデパートではなかなかほどよいサイズが見つからない。しかも本来は食卓を汚さぬためのクロスなのに、クロスを汚すまいと気を使うような、美しすぎる品が多すぎる。もっと木綿の普段着のようにざぶざぶ洗えて実質的な、役に立つ品が欲しいと、手帳にサイズを控えて持ってきた。めでたくイメージどおりのものが見つかった。黄色と薄緑色の四角をオレンジ色の太い線が縁取り、薄緑色の部分は濃淡でパイナップルの模様が浮き出ている。

駐車場へ戻る途中、連絡通路に出るガラスのドアに美奈と私が映っていた。私も背が高いほうだったが、伊豆に旅行したころの美奈は私より数センチ身長があった。西欧人の長い細い脚をしていた。今もジーンズを履いていてさえ、その細さは変わっていないことがわかる。だが身長は私と同じになり、こころもち私のほうが高い。それに今は私の財布も満杯だった。嵩張りが一ドル紙幣と五ドル紙幣のせいであったにしても。

車で宇和島屋に行った。日本の食品を置いているスーパーマーケットで、美奈はいつもこの店で蟹を買っていた。だがこの日、魚貝類売り場の巨大な蟹の水槽は空だった。輸送が遅れていてまだ入荷しないのだという。仕方なく海老と帆立に代え、昨日のホールフーズマーケットに寄ってサラダと葡萄などを買った。

夕食は焼いたシーフードとサラダ。海老がほんのりと甘くて、それがワインによく合っていて、わけもなく涙が滲んできた。

5

夕食の前、家を出て近隣を歩いてみた。奥まって並ぶ大きな家にはこの時刻も人の気配がなく、住宅地を少しはずれると大きな門構えの広大な敷地があって、奥は森のようだが、門に掲げられた表示からはその先にどのような施設があるのか見当がつかない。敷地のなかには自由に入れるが、森の木陰から何かが飛びだしてきたら？　無防備な散策者が突然だれかに襲いかかられたら？　幹線道路から、共同住宅のエレベーターから、階下のフラットから、絶えず大小の物音が届き、それが空気のようにあたりまえのことになっている東京の住人にとっては、この無人と静寂が怖い。だが美奈にとってもそれは同じらしく、近隣を歩くことはしないという。歩きたいときはショッピングモールまで車で出かけ、ウィンドウショッピングをしながら、各階をくまなく歩くのだという。

夜、沈黙はさらに厚みを増し、美奈の家は世界の奥へ奥へと退く。夕食後、テレビを見ている兄ちゃんの声が、美奈と私が座りつづけている食堂に聞こえてくる。もともとこの人は意味なく大声を出す癖があって、昨日から私は何度かぎくりとした。その癖は年とともに昂じてきたようだ。私だったら友だちの手前、やめさせようと躍起になるだろう。あなた、なぜそんな大声を出すの、あなた、テレビは黙って見てください。しかし美奈は無視し、彼は爆笑する。面白がっているというには無機的な声だ。庭のどこかに姿を隠していた猫が猫の入口からいつの間にか家のなかに入り、近くのテーブルの下に蹲《うずくま》っている。

美奈はひっきりなしに喋る。座りつづけるのが辛くなるとときどき立ち上がり、立ち上がるとたいてい煙草に火をつける。私は腰をおろしたまま、耳を傾けながら、どれも前に聞いたことがある話だと感じる。

ひとつには話題が限られているからだ。美奈が渡米した時点からふたりの世界は離れ、その後東京やシアトルで会う機会は幾度かあったが、その都度共通の話題が増えたわけでもなかった。いきおい話は中学や高校時代へと戻り、そのころの先生や友人たちをひとしきり懐かしむと、あとは美奈が自分の家族の話をする。ママとパパ、ふたりの姉。軽度の知的障害を持つ兄、正樹のことを話すようになったのはかなり後年になってからだった。ふたりの姉はどちらも裕福な実業家と結婚したが、両親が亡くなったあとは正樹を引き受けることを姉たちは結婚の条件としたのだという。正樹は定職につくことがなかった。

家族たちのことはおそらく美奈のなかで反芻されつくし、記憶に残る情景をもとに彼女は独自の世界を作り上げている。そのためにどの話もどこか芝居がかった雰囲気を帯び、たぶんそのために私は既視感に襲われる。

子どもを連れて東京に里帰りしたある夏、美奈は嘆いた。

「マサキをどう思うって、私の顔見たとたんにママが訊くのよ。久しぶりに会ってみて、マサキが少しよくなったと思わないかい？　普通に見えるんじゃないかい？　やっぱり少し足りないように見えるかい？　って、責め立てるみたいに訊くの。どう見たって前と変わっていないのに。これがあるから日本に帰るのも気が重いんだ」。英語でまくしたてるママの声音を再現しながら美奈は話した。その嘆きが嘘でないにしても、どこか演じているようだ、と私は感じ、美奈に向かって流れだしかけた同情がせき止められる。

こんなふうに言ったこともあった。

「小学校一年生の一学期、私の通信簿は全優だった。嬉しくて走ってうちに帰って、ママ！　見て、見てって通信簿を出したの。でもママは顔をそむけたわ。私が帰る少し前に、マサキが落第の通知を持って帰っていたのよ。お前がいいものを全部マサキから取ったんだ、お前のせいでマサキがこんなことになったんだ、ってママが怒った。理不尽でしょ。こんな理不尽なことってある？　全優を取ってなぜ八つ当たりされなきゃならないの？　そのとき思ったわね。うちはいい成績とっても喜んじゃいけない家族なんだって」

美奈の話を受け止めるこつは、こちらがほどほどに聴いているというスタンスを示して、彼女の演技癖を過度に引き出さないことである。中学生のころ、物真似をやってもらっては きゃっきゃっと喜んだ、ああいう反応を示すと彼女の演技癖はエスカレートする。ときに明らかな虚言が混じる。だが口に出して反駁することはしない。なぜなら演技も脚色も虚言も、美奈なりに相手を楽しませようというサービス精神から出ているからなのだ。

ここまでの認識に達するのにどれだけ時間がかかったことだろう。中学二年生には、美奈のような複雑な人格を理解するのはどだい無理だった。

嘘つき！　と思った。裏切り者！　破廉恥！　性格異常！　私は思いつくかぎりの罵詈雑言を書き連ねた手紙を書いて美奈に渡した。ある日の放課後、級友何人かに取り囲まれ、美奈が私の背後でどれほど私を嫌がり、口をきわめて私を悪く言っているか、私と離れたがっているか、を逐一聞かされた翌日のことだった。「あら、お手紙？」美奈はしなを作って受け取ったが、休み時間には蜂の巣をつついたように賑やかだった二年一組の教室は、その日からしばらくシーンと静まった。こめかみに青筋を立てた私の勢いに恐れをなしたのだろう、数日はだれも美奈と口をきかなかった。気づかなかったのは私だけで、人気者の美奈は、嘘や自慢や人気そのものによってさえ、級友たちの反感を買ってもいたのだった。

美奈とのかかわりを友情と呼べるなら、それは底に埋めがたい亀裂を抱えた、常に不穏な友情だった。そもそも何がいけなかったのだろうと、後年私はよく考え、人間や人生についての洞察力が十分に育っていない時期に友だちになったことが最大の原因ではないか、と思った。相手の弱みを理解し、それにはあえて触れないこと、自分の腹立ちや不快を生のままぶつけないこと。そのような修練ができてからの出会いであったなら、互いにマイナスのエネルギーを費やさずにすんだであろう、と。

だが、美奈が身近にいなかったならば、私の人間観察力も人生の認識も今ほどには鍛えられなかったかもしれない。それも事実なのだ。彼女の虚言と演技と妄想と才能、そして人とほどよくかかわることのできない不器用さ。私はそれらを憎み、羨み、恨み、憐れみ、ネガにたいしてポジを作るようなふうにして、自分のかなりの部分を形成したのだった。

6　レスヴェラトロール

ＮＨＫの番組「ためしてガッテン」で、このサプリメントが紹介されていた。長寿は免疫力アップによって可能となる。免疫力を高めるひとつの方法は、体を飢餓状態に置くことで、それによって長寿遺伝子サーチュインが活性化される。サーチュインを活性化するいまひとつの手段はレスヴェラトロールの服用で、アメリカでは普及しているという、あらましそんな内容だった。私はすぐさま、覚えにくいその名前を手帳に書きとめ、自分とほぼ同年輩の何人かの友人の顔を思い浮かべた。ガンが寛解して正常の生活に戻ったO氏や、抗ガン剤治療のために毛髪が抜けたSさんの顔が真っ先に浮かんだ。月に一度集まって昭和史の勉強会をしている仲間の三人にもあげよう。

レスヴェラトロールが奇跡的な効果を上げると信じているわけではない。それにひと瓶あげたところで、続けなければ無意味かもしれない。だが相手の健康と長寿を願っています、というメッセージにはなるだろう。土産物の効用はそのものの価値というより、話題性とメッセージである。

美奈の車で街の中心に出るのが日課になった。今日はショッピングモールではなく、ファーマシーに向かう。ドラッグストア風ではなく、店の奥がガラスで仕切られて薬の調合がおこなわれている薬局である。尋ねるとカウンターを離れて出てきた店員が棚を調べ、一個だけあったものを渡してくれた。暗緑色のプラスティックの容器入りの、何の変哲もないサプリメントで、四七ドル六一セント。日本円で四千円足らずだが、今までの買物のなかでは一番単価が高い。

最初の店に一個しかなかったのはむしろ幸いだった。次に行った店では二種類があり、しかも美奈のカードを使えばディスカウントになって、さきほどと同じ品が三九ドル一六セント、それを一個買い足し、別の種類を三個買った。こちらは安くて二三ドル九九セント、ディスカウントで二〇ドル余り。二種類の違いを店員に尋ねたがわからないと言われた。
ちなみにその違いは、レスヴェラトロールの含有量にあることを、帰国後に発見した。ラベルを注意深く読めば買うときにわかることだった。レスヴェラトロールはとみに流行しはじめたらしく、化粧品店で顔なじみの店主の熱意に押されて、資生堂で新発売のレスヴェラトロールを買った。三〇〇〇円。帰宅してラベルを読むと、一粒当たりの含有量は二〇ミリグラム、一日三粒で六〇ミリグラムである。それにたいしてシアトルで買った四七ドル六一セントのものは二五〇ミリグラム、二四ドルのものは一二五ミリグラム。

これほど含有量に違いがあるものが、どれもレスヴェラトロールというラベルをつけて売られているのだから、所詮はいい加減なものなのだろう。

店を出ると、ヴェトナム人が金のアクセサリーなどを商っている店に行こうと美奈が言い出した。いいデザインのものがあるから、純金のピアスを買ったらどう？　買うのは気が進まないが、見にいくことにした。上等のピアスはもういらない。イミテーションのダイヤやトリンケットで耳たぶの穴をふさげば十分なのだという理由に加えて、いつのころからか、洋服もアクセサリーも欲しくなくなっている。海外旅行のたびにせっせと絹のブラウスや、カシミアの膝かけやダイヤの指輪を買ったことが他人事のようだ。買ったものを受け継いでくれる娘も嫁も孫もなく、機会のあるごとに後輩の若い人たちにアクセサリーを渡している私としては、いまさらものは増やしたくないのだ。

街の中心部から離れ、背の低い建物のあいだの空き地に雑草が生い茂り、アメリカの都会の匂いが薄れた一画に、ヴェトナム人たちの居住地があって、貴金属の店が軒を並べていた。店のたたずまいは質素だが、なかの陳列ケースは厳重に施錠され、入っていくとじろりと視線を投げられるような雰囲気である。同国人同士らしい二、三人が隅で談笑をしている店もあった。そんな一軒で美奈が今日の金の相場を尋ね、駄目だ、今日は高いと首を振った。じゃ、やめとく。私は即座に店を出ようとしたが、美奈はケースのなかの品物を見て楽しんでいる。欲しいものならば今日の相場がどうであろうと、私は頓着しない。そのかわり買わないとなれば、ウィンドウショッピングもしない。いつもそそくさと殺風景だと、自分を美奈とくらべてそう意識する。土産物にしても、あの人にはこれ、というようなきめ細かな選び方はせず、同じものをがさっと買う。品物を楽しむというよりも、お金をコミュニケーションの手段として使っているのだろう。美奈の視線を意識すると、がさっ、がさっとした買い方は普段より熱を帯びる。見てごらん、あなたがいなくたって、私にはほかにたくさん友だちがいるの。ことごとにそれを誇示しようとした、あの立教女学院のころが地続きでそこにあるかのようだ。

よしずのような竹細工がドアの位置に立てかけてあるヌードルの店で遅い昼食をした。今日の収穫はレスヴェラトロール数個だけ。明日はもっと盛大に買物をしよう。タンメンとも、汁焼きそばとも違うヌードルを食べながら、美奈は黙りがちで気勢が上がらず、それは夕食後まで続いた。

7

夜更け、居間からテレビの音が聞こえないので、兄ちゃんは階下に寝にいったのだろう。カーテンのかげに蹲《うずくま》った猫は置物のように微動もしない。一升瓶からぐい呑みに注いだ冷酒を飲んでいた美奈は立ち上がって、流し台によりかかる。座りつづけるのがそんなふうに苦痛なら、飛行機に乗って日本に来るのはもう無理だろうか、と私はひそかに思う。

二〇〇二年に一緒にバリ島に行ったときも、飛行機が離陸すると彼女は眠りこみ、空港でも足取りがふらついていた。たぶんあのときすでに鎮痛薬を服用していたのだ。

「あたし、燃え尽きたんだ」。煙草を取り出して火をつけながら、美奈がつぶやく。吸いはじめると、頬のあたりまで黒く染めるような目でじっと一点を凝視している。食卓の椅子に座る私は彼女の視界の外にいる。私が立ち上がって自分の部屋に入っていったとしても、美奈は気づかないだろう。テレビの前に陣取っているときも、突っ立って煙草を吸っているときも、異次元に移行したかのように、彼女は徹底的に孤立した存在になっている。

美奈との会話がときに途絶えるのは今に始まったことではなかった。何年ぶりかに会い、互いの消息を伝えあい、友人たちの噂をする。一緒に食事や買物をする。そのかぎりでは問題はなかった。だがたとえば今のように深夜ふたりで向かい合うと美奈は、饒舌で、芝居がかったモノローグで、次々に繰り出す作り話めいたエピソードで私を辟易させ、私は黙りがちになった。あなたはモノローグしか喋れないの？　あなたの話って芝居の台本を読んでいるみたいよ。太平洋を渡ってはるばる会いにきた当の相手を目の前にしながら、コミュニケーションが成り立たないことに何度苛立ったことだろう。

だが今夜は違っていた。彼女は完全に自分の扉を閉ざし、相手を視野から追い払い、聴き手のいない空間に向かって呻いている、そんな感じなのだ。演技にも脚色にも倦んだかのように。皮肉にもその放棄と孤立と無防備のなかで、美奈は今までに一度もなかったほど、なまの彼女である。こういうあなたと話がしたかったのだ、と私は思う。だが皮肉にも彼女の視野から私は消えている。

「どうしてあんなに働いたんだろう」。低い声が煙草の煙に交じって吐き出され、壁や床に吸い込まれてゆく。「今考えると馬鹿みたい。どうしてあんなに働いたんだろう。夕方まで教えて、うちに帰って子どもたちに夕食を作って食べさせて、それからアトリエに行って夜明けまで絵を描いた。ほとんど寝なかった。大きな絵を描くのは半分肉体労働よ。育ちざかりの男の子の面倒をみるのだって。どうしてあんなに働けたんだろう。私はもう燃え尽きた」

シアトルのウォーターフロントと呼ばれる海に面した地域に、彼女は以前アトリエを持っていた。完成した油絵、デッサン、描きかけのもの、具象画、抽象画、デザイン画、大小のカンヴァスと画用紙。それらが広い台の上に、床に、壁面に広げられ、立てかけられていた。彼女の弟子たちの絵もあった。そのなかから何枚かを抜き出して、デッサン力のある者とそれが低い者とでは、抽象画にその差が現れることを説明してくれたこともあった。

私の家にある一〇点の美奈の絵のなかで、私がもっとも好きな絵は草原の細い流れを描いた二枚の連作の風景画だが、その二枚もスケッチのあと、仕上げはそのアトリエでなされたのだろう。夕暮れの光が画面を浸し、草原が空へと溶けこんでいる抒情的な絵だが、目を近づけると、気の遠くなるような細かい仕事が全画面を埋めている。右手下方の水辺では丈も太さも違う無数の草が、その茎、葉、小さな穂に至るまで細かく写実的に捉えられている。白く光る水は、草の葉と同じタッチの、無数の細い短い線が、穏やかな躍動をもって表現され水面を撫ぜる風を伝えている。画面の上にゆくにつれて同じタッチはさらに抽象性を帯び、黄色や薄紅を交えて夕暮れの光となる。

「よくこれだけ、こんなに細かく描けたものですねえ」。額装のために、美奈から送ってきた二枚の連作を画材店に持ってゆくと、店の主人が嘆声をあげた。すごいなあ、よく描いたものだなあ、と繰り返した。彼の感想が、もっぱら技術だけに向けられているのが私は不満だった。どうしてこの絵の美しさを、この空と水と草原の絶妙な配置を言わないのだろう。と同時に納得もしていた。並はずれたスケッチ力と技術と色彩感覚、だが何かが欠けている。欠けているのは集中力や根気ではなかった。この絵の一〇センチ四方を描くのにどのくらい時間がかかったのか、などと思うのは素人の愚かさであろう。深夜の人気のないアトリエで、憑かれたように、追い立てられるように、美奈は何時間も細い絵筆を動かしたにちがいない。

　高校時代、大学入試を控えていたころの彼女はそんなふうではなかった。私はくだらない努力はできない、というのがそのころの彼女の口癖だった。世界史の年表を暗記したり、文法を頭にたたき込んだり、くだらないと思わない？　それが私への当てこすりであることを感じながら、私はあえて反論しなかった。私はますますアリに、美奈はますますキリギリスになっていたのだと思う。あえてアリでいつづけたのは、結局アリが勝つのではないかという予感が、そのころには兆していたからかもしれない。私の英語の読解力はすでにアメリカ人を母親に持つ美奈をはるかに追い抜いていた。美奈は結局、たいした大学には合格できず、翌年の夏アメリカに渡った。

　その後の人生のどこかの時点で、彼女もアリになったのだ。マニアックともいえる根気と勤勉がなくて、あの風景画が描けるわけはないのだから。だが勤勉とは違う。アリとも違う。憑かれたように、思いつめたように、病んでいるように——

　それは美奈の手紙が与える印象でもあった。メールがまだ通信手段として普及する以前、彼女から来る手紙は、A4版の細い罫のルーズリーフの表と裏をきれいな細かい字がびっしり埋めていた。身辺の出来ごと、個展のこと、子どものこと、兄ちゃんのこと、日本のママのこと、姉妹のこと、シアトルの友人や知り合いのこと、それらが次から次へと、五枚も六枚も続いていて簡単に読みきれる分量ではなく、しかし最後まで字が乱れず達意の文章だった。書くことが自己目的であるような、一方的な、返事の書きようのない手紙でもあった。だがあのころの美奈の生活は少なくとも賑やかだった。彼女は今のような孤立と沈黙のなかにはいなかった。

燃え尽きた、とつぶやく美奈は暗い深い淵に沈む裸木のようで、あらゆる光を拒んでいる。失踪した次男アンディのことから立ち直れていないのだと私にはわかる。しかしそれを話題にしてはいけない、触れてはいけない、と私は自戒しつづける。私は今、彼女よりずっと幸福だからだ。しゃにむに働いたのが同じであったにしても、私に残った燃焼の記憶は、激しい運動のあとのような爽快感に近い。燃えたと思うが、燃え尽きたという感覚はない。

美奈は立て続けに煙草を吸った。煙草をくわえながら、ぐい呑みにまた酒を注ぐ。

「ね、煙草吸わなかったらどうなるの?」私は訊いた。

「別に」

「なら、やめなさいよ。健康に悪いじゃないの」

私のその声が初めて耳に届いたかのように、美奈はまっすぐに顔を向けた。どきりとするような険しい表情になっていた。

「とやかく言われたくないわ！」彼女は驚くほどの大声を放った。「あたしはあたしの流儀でやってきた。あんたなんかにとやかく言われる筋合いはない。口出しはやめなさい。わかった？」

そう言うと一瞬片腕を振り上げ、床を蹴るような勢いで美奈はキッチンから出ていった。追いかけて抱きしめたいという衝動が不意に私を襲い、私はそれに耐えて座りつづけた。

8　缶詰アーモンドなど

翌朝――この家では朝は昼に近いのだが――ジキルとハイドのような落差を見せて、美奈はいつもの彼女に戻っていた。感情を自分でコントロールできるならサイキアトリストの必要はない、という診断は正しかったのだ。一〇〇パーセント、コントロールできているわけではない。だが、今日は何を買うの？　大きな袋を持ってゆく？　夕食は蟹にしようね、とまめまめしく話しかける彼女が、昨夜のことを後悔しているのは明らかだった。無理しなくていいのよ、いまさら取り繕っても始まらないじゃない、と私は思う。

しかし、車の前部座席に並んで座り、通勤路のように見慣れた住宅街を走りぬけていると、私が取り繕わねばならない場面が予告もなしにやってきた。

「それはそうと、あなた」。顔を前に向けたまま、ゆっくりと美奈が言った。「あの人とはどうなったの？」

私は咄嗟に聞こえなかったふりをし、取り繕い方を考えた。だれにも話さなかったことを、そもそも話す必要の毛頭ないことをなぜ美奈だけに話したのだろう。どこまで話したのだろう、と狼狽しながら。

「ね、矢島さんっていったっけ、どうなったの？」

なぜあんなことを、あんな薄汚い老年の、情事と呼ぶのも不倫と呼ぶのも美化であるような、あんなことを美奈に話したのだろう。

「別れた」と答えると、その表現の陳腐さに胸が悪くなった。美奈は黙っていたが、ややあって「だけど、羨ましかったなあ、あれは」と呟いた。

一刻も早くこの話は切り上げたい。だが両側に並ぶ住宅とその前庭の平凡な風景のなかには何の話題も転がっていなかった。美奈は言った。

「あんたが羨ましかった。自分があまりにもあっさりと、そういうことに区切りをつけちゃった、もっと求めていてよかったんだ、って気がしたのよね。なんというか、気持ちがときめくものってとうの昔になくなっちゃって……」

「ときめく、なんて相当に通俗的だと思いません？」

「だけどあんた、ときめいていたでしょうが？」

おそらく私は美奈に向かってそんなふうに話したのだろう。羨ましい、と美奈はそのときも言った。いつしか立場が逆転して、私が羨まれる側になった、私はそれを確認したかっただけかもしれない。ついでに美奈の脚色癖を借り、彼が旬だった時期に書いた本などを見せて精一杯いじましいロマンス化をやったのだろう。

渋滞が一切ない市街地に入ると、バーテル・ドラッグスというドラッグストアの店先に、例のアーモンド・ナッツの缶詰めが山積みに置かれ、セール中という文字がでかでかと踊り、通常価格一個三ドル四九セントが半額になっていた。美奈の家で食べたのはバーベキュー味だったが、塩味、ライム＋チリ風味もある。猛然と買いはじめた私を横目に、美奈は「日本はアーモンドを生産しないので……」などと店員に弁解めいたことを言った。種類を取り交ぜて全部で三六個買ったが、美奈がその店のクーポンを持っているのでさらに値引きになるという。レジがカタカタとレシートを繰り出しはじめ、クーポンが全部でX枚だから合計マイナスXドルというふうにまとめないところが、いかにもアメリカの店である。クーポン一枚、マイナス一ドルという数字の羅列とともに、レシートはトイレットペーパーのように長くなり、結局支払ったのは四六ドル四四セント。レシートの最後に「あなたは六一ドル二〇セント得をしました」とプリントしてある。こんなに安いのならあと百個くらい欲しいが、どうやって持って帰るつもり？　と美奈に言われて我に返った。缶のままではスーツケースに入れにくいから真空パックに詰め替えたらよいというのが彼女のアイディアで、真空パック用の袋を二箱買ったが、あとでレシートを見ると二箱で約四四ドルだから、ほぼアーモンド缶三六個に匹敵したわけだ。スーツケースには入りきらないことがわかって翌朝には郵便局に運び、郵送料が四五ドル五〇セント。

「結局、あの人とはどこまでいったの？」。アーモンド缶三六個を後部座席に置いて、メイシーズのあるショッピングモールに向けて運転を始めると美奈が言った。またその話？　私は思い切り渋面を作ったが、顎を少しあげて前方を見詰めたままの美奈にそれが見えるはずもなかった。

「あのままよ」私は言った。それを彼女がどう解釈しようとかまわなかった。

別れた、と言ったのは嘘だ。しかし続いていると言ったら、ぞっとするような自己嫌悪に襲われるだろう。だが、美奈に話したくないのには自己嫌悪以外にも理由があって、それは滑稽というほかはない理由だった。モーパッサンの短編『首飾り』のように滑稽なのだ。お金持ちの奥さまから借りた首飾りを失くし、それがガラスの模造品であったとも知らず、一〇年間身を粉にして働いて弁償する下級官吏の妻の物語である。

通俗的なことばを使うなら、若いときの美奈は「恋多き女」だった。ほっそりした長身をノースリーブの紺色のワンピースに包み、大きな瞳の美貌を結いあげた髪で際立たせて、単身日本に里帰りしたあの夏、数人で出かけた伊豆の宿で私たちは彼女の恋人たちの話を逐一聞かされた。「いい人だけど退屈」と彼女は夫のことを言い、あんな人相手じゃ身が持たないよ、と蓮っ葉な言い方をした。渡米前にかかわりのあった日本での恋人たちともよりを戻したこと、だが今でも一番愛しているのは初恋の相手、従兄のジョージであること。

ミコの言うことは話半分に聞かなきゃ駄目よ、と言う者もいたが、私は疑わなかった。彼女の圧倒的な美しさは十分な根拠で、それに比してあまりにも惨めな自分の状況が私を自虐的にしていたのだろう。失くした首飾りは本物のダイヤだと信じた女のように、私は美奈の話のすべてを信じた。

そのナイーブさが打ち砕かれたときを特定することはできない。「まあ、あの首飾りは偽物だったのよ」という鉈の一撃が下された瞬間はなかった。時の経過とともに、自分のなかに積もっていった経験が、美奈を見る私の目を厳しくした、というべきだろう。

七一年から一年間をボストンで暮らすことになった私は、ストップオーバーして美奈の家に二泊した。彼女は二人の幼い息子を近所に預けて、私の買物についてきてくれた。「文ちゃんはすてきなコートを買ったのよ」。夜帰宅した兄ちゃんに話す美奈の声にこもる微かな羨望を私は聞き逃さなかった。夜更け、彼がキッチンに立とうとすると、「サンドイッチならあたしが作っといてあげる。いいから寝なさい」と美奈は声をかけ、時差で半分居眠りをしている私を相手にとめどなく喋りつづけた。一〇年前にはつややかな小麦色だった頬はくすんで、疲労が滲んでいた。


メイシーズでは太郎のためにラルフローレンのポロシャツと布帛のシャツを買って、一三〇ドル八四セント。近くの食品店で、エビアンを買ったついでに、ホースラディッシュ・ソースと白ワインで練ったマスタードを、なんとなく買った。どちらも四ドル九九セント。どうして五ドルにしないのか、と買物のたびに思う。

最後に宇和島屋に寄ると、今日は巨大な水槽に蟹がひしめいていた。このように過酷に詰めこまれて手足を伸ばす自由も奪われた蟹たちはもう自分を待ち受ける運命を悟っているのではないか、と思わせるように水槽は暗かった。四匹で六〇ドル足らず。食べきれない分は明日クラブケーキにする、と美奈は言った。サラダバーでいつものようにサラダ材料を見つくろい、ワインとバゲットを買った。

9

帰宅すると、別棟の物置から美奈は大きな深鍋を取り出してきた。まだもぞもぞと緩慢に動いている蟹を茹でる場面に立ちあう勇気はなくて、茹で上がったころをみはからって部屋から出てゆくと、兄ちゃんが解体作業のただなかで、大皿は蟹の胴体と爪と脚で山盛りになっていった。

タラバ蟹には毛蟹のような繊細さはなく大味だが、身が締まって新鮮だった。それに脚二、三本で満腹になるようなボリュームがある。兄ちゃんは呻くとも、唸るとも名状しがたい声を間歇的にあげながら、殻までも嚙み砕く勢いで食べる。ガァーとも、ウォーともつかぬ声だ。そして目の前の皿に殻の山を築くと、新聞を持ってテレビの前に移動した。美奈は日本酒を舐めながらゆっくりと食べ、私は食卓に向かったまま、クラブケーキのために、太い耳搔きのような棒を使って、皿に残った蟹から身を搔きだしはじめる。

「マキコ先生と来たのはいつだっけ？」私は思い出して言った。「あのときも山ほど蟹を食べた。あのときはここで茹でなかったわ。ウォーターフロントのそばの市場で茹でた蟹を買ってきた」

「いいえ、うちで茹でました」

「いいえ、茹でたのを買いました。店先に脚がごろごろ山積みになっていて、太い脚だなあ、って感心したのを覚えているもの」

茹でた、茹でないでは記憶が合致しなかったが、私がマキコ先生を連れてシアトルに来たのが九八年であったことは手繰り寄せることができた。中学時代、生徒たちの憧れの対象だったマキコ先生は間もなく卒寿を迎えようとしている。

「マキコ先生に寄せ書きしようか」。夕食の片づけを終えてから、私は提案した。「絵葉書ない？」

美奈はいかにも気乗りがしない様子を見せた。ご無沙汰しちゃったし、いまさら、というようなことをもごもごと言った。そしてしばし姿を消すと、画用紙の束を抱えて戻ってきた。

「最近の絵、見る？」

たしかに九〇歳を迎えようとしているマキコ先生と連絡を保っても、彼女にとっては何の意味もないだろう。あらミコも？　珍しいこと、とマキコ先生が喜ぶことを除いては。美奈が拡げてみせる数枚の風景画を眺めながら、私は美奈にたいする冷ややかな気持ちがじわじわと広がってゆくにまかせた。なぜなら過去に何度か彼女と絶交状態に入ったきっかけには、多くの場合彼女の絵がからんでいたからだ。

美奈が拡げた絵はどれも草原を描いていた。穏やかな草原の風や光が明るい色調のなかに巧みに捉えられ、草のざわめきやその上を行き交う羽虫の音が聞こえるような繊細な絵筆のタッチは今も健在である。一枚だけ、色調が異なっていた。黒い雲が千切れながら空を覆い、雲のあいだから鋭い光が覗き、嵐の前のおどろおどろしい不吉さが、写実性とデザイン性を兼ねた構図のなかに表現されている。一部を切り取って帯かスカーフにしてもすてきだろうな、と私は想像した。

「どれがいい？」美奈は訊いた。

それ、と私は不吉な空を指さした。

訊いたとき、彼女は私が選んだ絵をくれるつもりだったのかもしれない。だが私がその絵を選んだとき、彼女はふっと気持ちを変えた。彼女が自身でその絵を一番気に入っていることは気配で私に伝わっていた。手離したくないのだ、と私にはわかった。

私は意地悪な気持ちを抑えられずに言った。「どれか一枚、マキコ先生に持って帰ろうか？」

「そうね」美奈は言ったが、そんなことを彼女がするはずがないことを、私は百も承知している。美奈にとって作品は商品なのだ。無償で渡すことは考えられない商品なのだ。もちろん、マキコ先生は喜んで山ほどのお返しを送ってくるだろうが、美奈はそういうつきあいをマキコ先生としたことがない。否、ほとんどだれともしたことがない。

最初に猛然と腹を立てたときのことは、四〇年以上たった今もありありと思い出す。

私が一年間のアメリカ留学を終えて帰国した直後、国内では入手が困難なある本が必要になり、古本が無理なら図書館でコピーをとって送ってくれないか、と美奈に手紙で頼んだことがあった。小切手口座に一五〇ドル近い残額があったので、支払い先を美奈にして残額すべてを小切手にして同封した。美奈からの返事には、その本は図書館にはないが古本屋などに問い合わせるとあり、裏書きが必要だと例の小切手が同封してあった。私は裏書きをして送り返し、本が届くのを待ったがそれきり連絡はなかった。諦めかけたころ、美奈から一枚のスケッチ画が届いた。小切手は返されず、私は自分がそのスケッチ画を買ったことを知った。

霧の流れる木立を描いた叙情的な作品だった。買わない？　と言われたら、私はふたつ返事で買っただろう。高くても買っただろう。それなら同じではないかと自問して、同じではない、私だったらこういうことはしない、と私は激しく思った。

なぜあの最初のときに、言わなかったのか？「本がなかったのなら小切手は返してちょうだい。絵の代金は別途払うから」と。あるいはもっとタクトフルに「絵の代金はあの小切手で間に合うの？　足りなければ送るわよ」と。

結局何も言わずじまいで、小切手にも絵にも触れなかったのは、いったん言いはじめたら自分のことばに触発されて、美奈への嫌悪がガン細胞のように増殖することを恐れたからだった。と同時に、自己嫌悪に似たものがあった。たかが一五〇ドルの小切手のことで、そんなちまちましたことで、なぜ長年の友だち関係が躓かねばならないのか。もっと高尚な次元の価値観や信条の違いから友人同士が袂を分かつならよい。たかがこんな卑小なみみっちいことで腹を立てる私はなんと小さな人間であることか。何年かのあいだ、私は手紙を書かず、自分の胸を塞いだ不愉快の塊が溶けてゆくのを待った。しかしふたたび交流が始まるとまた同様のことが起こる。お金を立て替えてもらうとか、それに類した借りができると、美奈はうやむやのままに絵でそれを返す。あるときには「私の絵、買えば高いのよ。小さいものでも三〇〇ドルは下らない」と言った。

そんな絵をくれる必要はないじゃないの？　と私は思う。お金を返せばすむことでしょう。

やがてジグソーパズルのピースがひとつ、またひとつと見つかるように、謎は少なくとも部分的には解けはじめる。

10　バッグ、シャツ、などなど

美奈の家の、通りに面した前庭には丈の高い、さまざまな色の大きな薔薇がてんでに咲いている。こまめに芽を摘んだり枝を切ったりしていないせいで、一本から放射線状に数個の花が開いたり、花の重みで茎がよじれたりしている。出かける前や夕食の後などに大鋏で手入れを試みたが、一向にすっきり感は生まれなかった。家も庭もとにかく広いのだ。乱雑さも手入れの怠りも日本の庭や屋内のようには目立たず、逆に整頓も効果を発揮しない。

買物はあらかた終えたので、何か別のことがしたかった。だから美奈が彼女の友だちのレイコさんに会う？　と言い出したとき、私はおおいに乗り気だった。少し離れたところに住んでいる日本人の地球物理学者で、とても面白い人だということは美奈からのメールにたびたび書いてあった。こんな顔だけど、と美奈は目を半ば閉じて眠っているような表情を作り、でもすごく優秀な人なんだ、と言った。私の滞在期間ももう残り短くなっていたが、こちらはいつでもよいから、ということで美奈は電話でアレンジを始めたが、レイコさんにはもう予定があって、実現しなかった。

私だったらもっと早くから計画するのに。ボストンに住む友人Kの場合には、彼女の友人や知り合いのほとんどに私は会っている。Kも日本に来るたびに、私の友人たちと知り合って、一緒に出かけたり食事会をしたりする。そういう人の輪の広がりが美奈の場合にはゼロに近い。退職後に人付き合いの規模が狭まるにせよ、ある程度の社交、会食、対話、ときにはいざこざでさえも、人間には必要で、少なくとも私には必要で、大事な友人関係は折にふれてメンテをしながら維持している。

郵便局でナッツの真空パック詰めを発送した。銀行でもそうだったが、郵便局の窓口の若い女性も、航空便で荷物を出すのが初めてであるかのようなもたつきぶりで、この郵便局を経由して小包が無事に宛先に届くのは奇跡に思えた。あたしもトウキョウに行ったことがある、と愛想はたっぷりだった。

買うものはもう思い浮かばなかったが、郵便局の近くのショッピングモールの、とある店先でバッグなどがふと目に入って、皮肉なことに帰国してからもっとも重宝しているのがそのとき買ったものである。

自分のためにバッグをふたつ買った。ひとつは紫色のトートバッグ風。ポケットが外側にふたつ並んでついている。もうひとつはこげ茶色で、縫い目などに皺が寄ったところなどいかにも柔らかい革の製品と見えるのだが、実はビニール製で大層軽い。面倒だから一ドル以下は繰り上げると、紫色トートは三五ドル、革もどきは二五ドル。そのとき着ていた紫色のパンツスーツに合わせたつもりだったが、持ってみると野暮ったくて前者は失敗でほとんど使っていない。しかし革もどきのほうはたくさんのものが入り、風袋が柔らかく、肩からもかけられるので、毎日のように持ち歩くことになった。

同じ売り場で、便利そうな小さなバッグを六つ買った。一個一三ドル。財布にしては大きすぎるが、ファスナーを開くと仕切りがいくつもあり、カード専用の部分のほか、紙幣はもちろん、領収書や健康保険証や通帳なども収納できる。ファスナーなどの細工がきれいに出来ており、何よりも軽さがいい。あとでレシートを見ると、ペンケース六個とある。なるほど。筆記用具入れにも使える。色違いで茶色っぽい赤とくすんだグリーンがあったので三つずつにした。グリーンのほうには定規やコンパスが描かれており、赤には黒い線模様がある。「なぜ髭なんかがいいの?」と美奈に言われるまで、私は黒い線の模様は、いろいろな髭をかたどったものであることに気づかなかった。全部グリーンにすればよかったと後悔するが、私同様、大方の人は髭の行列とは思うまい。目に入った瞬間に形が把握できるのは、やはり画家の眼だ。

六個のうち一個は自分用、あとは友だちや元同僚や知り合いのだれかの手に渡るだろう。たいていは対象を想定せずに土産を選ぶのだが、例外的な場合もあって、次に目についたド派手な縞模様の財布は、夏を過ごす長野の湯田中で世話になる二人の女性にあげるつもりでふたつ買った。一個約一三ドル。

隣接した化粧品売り場でリップグロスを五個。これは毎月うちに集まって英語の小説を読んでいる卒業生たちのために。一個八ドル三九セント。唇にぬらぬらと艶を添えるのは悪趣味だが、グロスを塗ったあとティッシュで拭き取ると、口紅が落ちにくくなる。その意味で便利だ。

日本にもあるような、平凡な品物をがさがさと買いながら、私は近くにいる美奈の冷ややかな視線を感じる。というより、彼女の冷ややかな視線を私が想像のなかで作り出している。

そんなもの貰う人はかえって迷惑かもしれないよ。負担に感じる人だっているでしょうよ。美奈のそんなことばを私は頭のなかで聞く。そして自分の答えを頭のなかでつぶやく。「こういうお土産買いは、私にとって人間関係のメンテみたいなもの。しかも一番楽で努力の要らないメンテ。旅行先でもあなたのことが念頭にありました、というメッセージにはなるでしょ」

これは多分にマキコ先生の影響だった。マキコ先生はお土産を盛大に買う人だった。頻繁にパッケージツアーで海外旅行に出かけ、そのたびにバッグやテーブルクロスやお財布やアクセサリーを私は貰った。マキコ先生の崇拝者は数多く、そのなかで私がとくに先生に気に入られていたとは思わない。でも私は嬉しくて、マキコ先生の誕生日には花を贈り、先生を主賓にして同級生たちを集め、ホームパーティを開いた。

「ミコはどうしている?」同級生たちが訊く。

「元気よ」と私は答え、いつの間にか自分が彼女のスポークスマンになっていることを発見する。美奈と同級生たちとの交流はほとんど途切れていて、私の観察によれば、それは彼女がメンテを一切しないことが最大の原因だった。

ショッピングモールを出たところでスタバの看板が目に入ったので、休憩した。シアトルはスターバックス発祥の地だそうな。アメリカにしてはせせこましい店内で、日本と寸分たがわぬ味のコーヒーを飲んだ。スタバに行きたいならもっときれいなスタバがいくらでもあったのに、と美奈は言った。

私は前から予定していたことを提案した。

「お宅に泊めてもらったお礼に、あさってはどこかでお夕食をしたいけど、どの店がいいか、私はわかんない。だからお店は決めて予約して、そこに連れてって」

「祐ちゃんに聞いておく」美奈は答えた。

冗談はやめてよ、と私だったら言うだろう。最後の晩餐は私の顔を立てなさいよ、そんな提案、失礼よ。だが「私だったら……」をもはや思い出さぬほど、私は美奈の、否、美奈の夫である男性の流儀に今は慣れている。

頭のなかで友人や知己をずらりと並べてみると、数少ない男性の知己へのお土産がないことに気がついた。メイシーズに行ってポロシャツを二枚買う。売り場にはセールのコーナーがあり、そこから美奈は二、三枚を選んで持ってくると言った。

「これでいいじゃない。同じものがずっと安くなっている」

「セールなんてどうせわけありの品よ。色が褪せているとか型が古いとか」

「くらべてごらん。よく見てごらん。どこが違うの？」

たしかに違いはなかった。セール品の売り場ではハンガーに吊るしてあり、普通の売り場ではきれいに折りたたまれて陳列されている。それだけの違いに過ぎなかった。

「セールの品をギフトにするのは嫌なの」

「馬鹿馬鹿しい。セールだってわかるわけがないじゃん。ここで包装の紙を貰っていって、帰ってから私がきれいに包んであげる」

11

私はかたくなに抵抗して、セールではないポロシャツを買い、二枚の代金約一一〇ドルを支払った。この頑固さは自分でも謎だった。なぜなら、美奈の絵の妙な売買に腹を立てた時期にくらべれば、私たちのなかの刺は抜けていたからだ。経済的な安定が生まれていたという事情もある。美奈には母親の遺産が入った。亡くなった彼女の長姉の連れ合いと裁判で争ってそれを勝ちとった次第は、彼女のドラマティックな語りで幾度か聞かされていた。クリントン大統領の時代の高金利で、預金はまるまると太ったのだという。「裕福じゃないけど楽ね」と美奈は言った。

それは私も同じだった。遺産こそなかったが、五〇歳を過ぎたころから大学の行政職の手当がつき、翻訳による副収入が加わって、目に見えてゆとりが生まれた。建て替えをした住居の白い壁面に美奈の絵を架けることを思いつき、美奈の作品のスライドを送ってもらってそのなかから選んで、実物が届くと代金を彼女の口座に振り込んだ。ようやく売買の本来のかたちを実現させたことに私は満足し、二〇万円、三〇万円と彼女が言う値段を即座に送金できることも満足だった。だが刺が抜けたきっかけはほかにもあって、それはジグソーパズルのピースの発見に似ていた。

私はほかの人にも美奈の絵を宣伝しようと思い立った。マキコ先生は本来の気前のよさでスライドのなかから選んで三枚を買ってくれた。昔のクラスメートで買ってくれた人もいた。彼女らは美奈の背景を知っている。だが販路を旧友以外にも広げようとするならば、美奈の簡単な履歴を示したほうがよい。学歴、職歴、これまでの個展のリストなどを簡単にまとめたものを送ってくれない？　と私は手紙に書き、ＯＫという返事が来た。

だがそれはなかなか届かなかった。早く送って、と頼むと「うるさいわねっ」という返事。ややあって届いたものは名刺一枚で、ローマ字の氏名には、「ワシントン大学美術学部、ティーチング・スタッフ」と英語で書いてあった。プロフェッサーでも、アソシエイト・プロフェッサーでもなく、日本の大学で言えば非常勤講師だろうか、と彼女の身分を推測するのは容易だった。

不注意にもうかつにも、そのときまで彼女が正規雇用、言いかえればフルタイムの大学教員であることを私は疑わなかった。日本円に換算すれば、私より高額所得者で、そのうえ絵が売れれば副収入がある、と思いこんでいた。あるとき美奈は言った。「うちは基本的に兄ちゃんの収入で暮らしている。私の収入は旅行とか、新しい家具とかエクストラの支出に充てる」。その収入は実際には、私の想定よりもよほど少ないものだったのだ。なぜなら専任の教員がともすれば非常勤講師に骨を折れる仕事を押しつけ、非常勤講師は安い給料と不安定な身分に甘んじなければならないという構造は日米に共通しているからである。デッサンの実習はどの教員もやりたがらず、全部私に回ってくると美奈が不平を洩らしたとき、私はうかつにも、彼女の並はずれたデッサン力に美術学部のほかの教員が恐れをなしているのだと解釈した。そうか、非常勤雇用だったのか。たしかに、アメリカのどの大学であろうとメインストリームにマイノリティの人間が入るのを排除する暗黙の力が働く。オリエンタル・スタディーズや語学ではなく、美術という万国共通の分野においてはマイノリティを雇用する必然性は弱い。もちろん並はずれた業績を持つ人間なら別だ。それに加えて世渡りのスキルがものをいう。友人関係のメンテも満足にできない美奈にそれを期待するのはどだい無理である。

何度となく積み上げた「私だったら……」というリアクション。だがその前提の少なくとも一部には私の誤解があったらしいことに私は薄々気づきはじめた。誤解も思いこみも、美奈がアメリカから初めて里帰りして、一緒に伊豆に旅行したときの、あの大量の円紙幣で膨れ上がった彼女の財布から始まっていた。豊かな戦勝国アメリカの美奈と、貧困のなかにある敗戦国の私。その図式が巨大なハンマーで私の頭に打ちこまれ、私の意識に居座ったのだ。日本の高度成長も為替レートの変化も、情報としては知っていた。だがその結果として、正規雇用の大学教員である自分が、いつの間にか美奈よりも高額所得者となったことに、そのときまで私はまるで気づかなかった。大げさな言い方をするならば、世界経済の巨大な潮流は小さな穴を穿つようにして、かつての女子中学生同士のかかわりに沁みとおっていたことになる。

非常勤講師の給料は知れたものである。美奈はどんな手を使っても、自分の絵を売りさばかねばならない時期があったのかもしれない。一緒にアメリカ旅行をしようと提案しても、日本で小旅行をしようと誘ってもはっきりとは理由を言わず、乗ってこなかったのは経済的なゆとりのなさのせいだったのかもしれない。それが証拠にバリ島にはふたつ返事でやってきた。ママの遺産が入った直後だったことを、そのときは知らなかった。

セールのコーナーで物色を続けていた美奈が茶系の縞模様の大きなシャツをカウンターに持ってきた。これは太郎へのお土産だと言う。バーゲン品であろうと何であろうと、私は嬉しくて盛大にお礼を言った。あんたもようやく常識的なことをするようになったのね、と躾の悪い妹にたいするような安堵のまなざしを私は向けていたのだろう。あらかた昔の刺も抜け理解も生まれていながら、不可解なかたくなさや意地悪が消え去ったわけではなく、ときに牙を剝く。後遺症というものは人間関係にもつきまとうもののようだった。

12

美奈夫妻が選んで予約したリストランテは、日課のように通ったショッピングモールのはずれにあった。渋滞が一切ない道路で車はすいすいと走り、いつもあっという間に目的地に着く。家の並びにも店の構えにもこれという特徴がなく、明るく平凡で無個性的な街だ。予約の時間まで間があったので、ショッピングモールで店を覗き、ゴディバ（美奈はゴダイヴァと言う）の板チョコや、ザ・ボディショップの石鹸などこまごましたものを買い足した。さすがに買物にも飽き、領収書はどうでもよくなっていた。

メニューも無個性的だった。キッシュやパスタのなかからそれぞれが選び、それを分け合って食べることにした。兄ちゃんはクラブケーキを追加した。運ばれてきた大皿には、眺めるだけで血糖値が上昇するような、チーズこってり、肉類たっぷりの、濃厚な香りの立ち上る料理が載っていた。私は向かい側の美奈と喋り、美奈の隣の兄ちゃんはひたすら食べることに専念しながら、ときどきグワッとかケケというような意味不明、表記不能な声をあげる。会話のようなものはせいぜい、明日の飛行機は何時か、とかワインは足りているか、というような次元である。私は彼がそこにいないかのようにふるまい、彼にたいする自分の気持ちが嫌悪の域にさえ達していないことを意識する。

だが例のジグソーパズルの最大のピースを、彼が与えたときのことは忘れない。

マキコ先生と一緒にアメリカ西海岸を旅行したのは、一九九八年。美奈の家を拠点に、シアトルに隣接したカナダ、バンクーバーに一泊で出かけ、最後に飛行機でサンフランシスコに行き、そこからマキコ先生と私はロスアンジェルスに向かった。サンフランシスコはマキコ先生が一九五〇年代に留学した、彼女にとって思い出の地である。バークレーのキャンパスをはじめ、ゴールデン・ゲートブリッジ、フィッシャーマンズ・ワーフと呼ばれる海岸通り、ワインの産地ナパヴァレーなど観光には車での移動が不可欠だが、マキコ先生も私も運転ができない。それで美奈夫妻に同行を頼み、レンタカーを兄ちゃんに運転してもらう、そのかわりサンフランシスコとシアトルの往復のふたりの飛行機とサンフランシスコのモーテルなどの代金はマキコ先生と私が負担する。あらかじめそう取り決めがしてあった。

モーテルに泊まるのは初めての経験だった。個室にバスタブはあるのかしら、トイレはついているのでしょうね、とマキコ先生は気を揉んだが、普通のホテルと変わらぬ設備を備えた立派な施設だった。ただホテルのようなロビーがなく、フロントは地下の一角の殺風景なブースで、チェックインもチェックアウトもそこでおこなうようになっていた。ベルボーイもアテンダントもいなかった。

サンフランシスコの観光を終えて、美奈夫妻と別れロスアンジェルスに向かう前の晩、町で食事を済ませてモーテルに戻ったとき、マキコ先生と私は今夜のうちにモーテルの支払いを済ませてしまおうと、一緒に地下に降りた。モーテルのなかには食堂も、個室には冷蔵庫もなかったから、翌朝まで支払いを待つ必要はなかった。

ブースで支払いをしていると、兄ちゃんが階段を駆け下りてくるのが見えた。と思うと私たちの背後に立って言った。

「支払いは四人分だ。いいな！」日本語にすればそんな感じの言い方だった。そしてつむじ風のように姿を消した。

「何て言ったの？」少し耳が遠くなりかけてきたマキコ先生が訊いた。「あら、もういなくなっちゃった」

私は適当にごまかしながら、聞こえなかったらしいことにほっとしていた。と同時に呆然として、その場に蹲《うずくま》りたいようだった。

部屋に戻った彼が美奈にこんなふうに言うのを私は想像した。「あのふたり、こっそりと自分たちの分だけ払おうとしたんだ。そこを摑まえてやった」。そしてケケとかグワッとか笑い声を立てるのであろう。

それまではおそらく耳を素通りしていた彼のことばが私の意識の杭にひっかかるようになった。たとえばある秋、美奈夫妻が来日し、私が長野の湯田中で借りているフラットに滞在したとき、これといって見物するものもない鄙びた温泉町で、兄ちゃんはことのほか温泉が気に入った。うちから数分のところに、地区が運営している温泉場があって、がらんとした広い浴室の、プールのような浴槽に湯が溢れ、私のように常時居住しない者も年間パスを買えば四六時中好きな時間に入浴できる。そのパスで兄ちゃんは日に何度も「オフロ」に通い、「オフロは気持ちがいい」とくり返し言った。「それに自分のうちのバスだと、水道代を払っている、ガス代を払っていると思う。このオフロはそう思わずにすむところがいい」

兄ちゃんには一人も友だちがいないの、友だちは私だけ、と以前に美奈が言ったことも納得がゆく。だが美奈はこういう人と結婚し、こういう人と生活をしてきたのだ。結局は似た者夫婦なのだろう。離婚もせず、少なくとも傍目には仲良くやってきたのだから。

食べきれなかった料理はウェイトレスが持ち帰れるように包んでくれた。このときのレシートは手元になく、カードで支払ったのかもしれない。請求書の数字を見て、即座にチップの金額を割り出せず、美奈に訊くと二五ドルかしらね、と言った。とするとワインと料理で二〇〇ドル前後だったにちがいない。

美奈の家に戻ってパッキングを終え、キッチンに出てゆくと、美奈が蹲《うずくま》って考えこむような姿勢でテーブルを前に座っていて、「どうしたの?」と私は思わず訊いた。

「心配なのよ。明日、あんた空港で一人で大丈夫かな、と思って」

「何言ってんの」私は笑った。「私がそんなお上りさんだと思うの?」

「そりゃそうだけれど」。それから気を取り直したように「来てくれてありがとう。これで互いにわだかまりもなくなったわね」

そうね、と私は曖昧に答えた。ふたりで嘘をつきあっている。なぜならふたりのあいだでわだかまりが消えることは絶対にないのだから。陽だまりのような友情が育つことはないのだから。鋭い棘を持つことばのやりとり、いつも相手を意識した自分の人生の作り方、そして妙に自己憐憫と重なる相手への憐憫と理解。思えば友だちとこんなふうにかかわったのは美奈だけだった。ほかの友人たちとはもっと行儀よく、常識をベースにして、おもしろく楽しい時間を共有した。

あんた一人で心配だと美奈が言ったわけは、空港に到着したときに明らかになった。航空会社のカウンターが並ぶロビーの前で兄ちゃんが車を停め、トランクからスーツケースをおろした。私は手近にあったカートを押してきて、それに兄ちゃんがスーツケースなどを載せた。そしてにゅっと握手の手を差し出した。それじゃ。どうもありがとう、と反射的に握手を返し、美奈の手も握ると、ふたりはそのまま車で走り去った。

前に美奈が一人で空港に送ってくれたときには、いったん私をおろし、駐車場に車を入れて戻り、カウンターでのチェックインが済むと、ゲートに向かう時間がくるまで一緒にコーヒーを飲んだりして、ゲートの入口で私を見送って別れた。なるほど。私は妙に納得しながら、一人でコーヒーを飲み、時間前にゲートに向かった。空港でどうするか、をめぐって兄ちゃんと美奈は昨晩話をしたのかもしれなかった。出発ロビーの前でおろせばいい、と兄ちゃんは言ったにちがいない。そうよね、私は精一杯の皮肉を心のなかで兄ちゃんにぶつけた。あとは私ひとりでできるのだし、車を駐車場に入れるのは面倒だし、それに駐車料金がかかりますものね。

もう会うことがないかもしれない美奈との別れが、こんな散文的な状況のなかでそそくさと済んでしまったことはむしろよかったのだと、私は思おうとした。なぜなら不意に、高校時代、毎学期繰り返された美奈との儀式が急に記憶のなかから呼び出され、切ないような感覚がじわじわと広がってきたからだ。

高校のころには、美奈とのかかわりは薄くなっていた。グループも四分五裂してもとの姿をとどめず、私は概して成績のよい同級生たちと友だちになり、美奈は同級生のなかの美少女狩りに余念がなかった。一人、また一人と美しいクラスメートに近づき、相手が美奈に夢中になると、ぽいと捨てる。そんなゲームを繰り返していた。

年に一度か二度、生徒たちは身上調書の提出を求められた。住所や父母の職業（個人情報云々の時代ではなかった)、目下の関心事、愛読書などを書く欄と並んで、とくに親しい友だちの名前を記入する欄があった。

「あんたの名前を書く」と美奈は毎度言いにきた。

「ほかにだれを書く?」頭の空っぽな美少女と一緒にされるのはごめんだった。

「だれも書かない」

「なら私もそうする」

それが儀式だった。

「あなたたち、友だちはほかにもいるでしょうが」調査票を読んだマキコ先生は呆れたように言った。「変な人たちね」

だがやはり特別な友だちだった、と私は搭乗のアナウンスを待ちながら感慨にふけった。嘘つきで、虚言癖があって、大げさで、こすからくて、打算的な美奈が、結局私にとってもっとも古く、もっとも濃密な、もっとも影響をこうむった友だちなのだ。目蓋の裏が生ぬるく湿ってきた。私は美奈の嫌なところをありったけ思い浮かべることで、感傷を断ち切ろうとした。

帰りの機内では仕事がある、と私は思いついた。買物のたびに受け取り、大きな封筒にがさがさと詰め込んだレシートが、トートバッグの仕切りに入れてある。あのレシートの整理をしよう。レシートには店の名前と日付のみならず、それが発行された時間も記載されている。それを時系列で並べれば、この旅行の記録になる。そうすることで、名づけがたい目的を帯びたこの旅行を、買物旅行にすり変えるのは、なかなかよいアイディアに思えてきた。

編む――旅のおわりに

日々の暮らしには余り布《ぎれ》のような時間がけっこう多い。あと一五分したら出かけるとき、そろそろ客が来るというとき、もう五分蒸らしたら煮物が出来上がりというとき、食事のあとすぐには仕事にとりかかれないとき。逆に集中のあとの息抜きの時間も欲しい。本を読むうちに目がページの上を斜めに走りはじめ、頭のなかがどろどろと渦巻くように感じられるとき。コンピューターに向かいつづけて目がしょぼしょぼしてくるとき。

そういう時間のために編み物を始めた。

昔やったことがあるので、始めれば思い出すだろう。吉祥寺のユザワヤに行き、四階売場を埋め尽くした、ありとあらゆる色と材質の手芸用品のなかから、行き当たりばったりに毛糸、編み棒、鈎針、本などを買った。そして本と首っ引きでセーターにとりかかった。

半世紀のあいだに編み方がかなり変わったことをすぐに私は発見した。編みはじめは別糸で鎖目を作るなどという面倒な作業は、昔はしなかった。本の説明がいまひとつわからない。おぼろげにわかっても自信がもてない。自習はあきらめて、編み物の得意な卒業生のYさんに特訓を頼んだ。

半世紀のあいだに私の側にも変化が生じていた。昔はかんかんに固く編む癖があって、編み棒をしごかないと編み目が動かないほどだった。だが今、試みに二〇センチ幅の模様編みを編んでみると、編地はだらりとゆるくて、指の力が弱くなったためであろう。それで細めの編み棒を使うことにした。

「編み物には勇気ある撤退が大事ですよ」特訓の最後にYさんが言った。「失敗したと思ったらためらわずにほどかないと。あとで後悔しますから」

その教えに忠実に、数日間は勇気ある撤退を繰り返した。全体を木の葉模様のレース編みにしようと思ったのは身の程知らずだった。二、三センチ編んで広げてみると、掛け目を忘れて木の葉の形がひしゃげていたり、三つ目を一度に編むとき中央の目が中心に来ないで葉脈がぐにゃりと曲がっていたりする。そのたびにほどいて編みなおした。

間違わずに模様編みをするためには、始終頭のなかで目数を数え、今は何段目であるかを記憶せねばならず、かなりの緊張を要求される。編み棒を動かしながらあれこれ心をさまよわせていたい私にとって、その緊張は重荷だった。数度の編みなおしで毛糸が毛羽立ってきたところで木の葉模様は放棄し、裏編みと表編みだけを組み合わせた簡単な模様に変えた。

午後の穏やかな光の差しこむガラス戸のそばの椅子に座って、編み棒を動かしていると不思議な自足の気持ちが訪れる。けっこういい人生だった、という根拠のない幸福感に包まれる。その幸福感のなかで一時間ほどを過ごしてから、机に戻る。

編み物から書きものへ、つまり編み棒からコンピューターのキーボードへと手を移した最初のとき、私は奇妙な感覚に捉えられた。コンピューターのキーをひとつ押すと、ひとつの字が画面に刻される。それがまるで編み棒を一度動かしてひと目ができる、あの感覚にそっくりだった。コンピューターを使って編み物をしているような不思議な感じだった。

四〇年ほど前に、初めて翻訳の仕事をしたとき、翻訳は編み物と似ていると思ったことがあった。あらかじめ決められたパターンにそってひと目ずつ、一段ずつ編んでゆく、それと同じように、すでに存在する原作にそって一語ずつ、一行ずつ書いてゆき、成果は時間に比例して生まれる。一定の時間をかければ一枚のセーターが編み上がるのと同様に、何ヶ月かの末に一冊の翻訳が完成する。自分の文章を書くときはそうはいかなかった。まる一日を費やして何も書けないことも、何日もかけて書いたものを破り捨てることもあった。編み物も翻訳も出来上がったときのイメージが、おぼろげに頭のなかにある。しかし創作は五里霧中、手探りで進むような作業だった。出来上がったものがよいか悪いか、自分ではわからなかった。

あのときの手探りの感じ、白紙の上になんとかして形を描こうとする焦り、地図のない土地を這いまわっている疲労感、そうしたものがいつの間にか消えていた。というのもキーボードを叩きながら、私が書いていたのは翻訳の文章ではなく、短編小説だったからである。創作でさえ編み物に似てきた、この変化は何に由来するのだろうか。半世紀前には白紙だったところに、文章のさまざまなリズムや表現、イメージ、物語のパターンなどが、ペンマンシップの練習ノートの薄い字のようにぎっしりと嵌めこまれていて、必要に応じてそれをひとつずつなぞりながら繫ぎ合わせてゆく、翻訳のみならず創作までもがいつの間にかそういう作業になっている。進歩なのか退歩なのか、それはわからない。わかることは、自分のなかにいつしか嵌めこまれたことばのせいで、私は惨憺たる失敗作を書かないかわりに、もはや目の覚めるような傑作も書けないであろうということ。それでもなお、ひと目ひと目、ひとことひとこと、編みつづけるしかないということである。

初出一覧

円環のブータン　雑誌『みすず』一九九九年七・八月号
イタリア二人旅行　雑誌『みすず』二〇〇〇年七・八・九月号
湯田中のカステラ　書き下ろし
近くて遠い韓国　書き下ろし
シアトル買物旅行　書き下ろし
編む　書き下ろし（改題「編む——旅のおわりに」）

著者略歴

（ほうじょう・ふみを，1935-2023）

1958年東京女子大学文学部英米文学科卒業．1961年一橋大学大学院社会学研究科修士課程修了．東京女子大学名誉教授．イギリス小説、翻訳研究専攻．著書・編著『ニューゲイト・ノヴェル』（研究社）『ヒロインの時代』『遙かなる道のり——イギリスの女たち1830-1910』（共編著，国書刊行会）『ブルームズベリーふたたび』（エッセイ集，みすず書房）『嘘』（短篇集，三陸書房）『翻訳と異文化』（みすず書房）『猫の王国』（エッセイ集，みすず書房）．訳書 E・M・フォースター『眺めのいい部屋』『永遠の命』『アビンジャー・ハーヴェスト』『民主主義に万歳二唱』（共訳），Q・ベル『回想のブルームズベリー』，S・ソンタグ『他者の苦痛へのまなざし』，A・ホワイト『五月の霜』，A・ホフマン『ローカル・ガールズ』，K・フォックス『イングリッシュネス』『さらに不思議なイングリッシュネス』（共訳，いずれもみすず書房），P・ホーヴァス『サリーおばさんとの一週間』（偕成社），A・リデル『ナチ 本の略奪』（共訳，国書刊行会），K・アームストロング『血の畑——宗教と暴力』（共訳，国書刊行会，日本翻訳文化賞受賞）ほか．

北條文緒

編む

旅のおわりに

2024年7月23日　第1刷発行

発行所 株式会社 みすず書房
〒113-0033 東京都文京区本郷2丁目20-7
電話 03-3814-0131（営業）03-3815-9181（編集）
www.msz.co.jp

本文印刷所　精興社
扉・表紙・カバー印刷所　リヒトプランニング
製本所　松岳社
装丁　安藤剛史

Printed in Japan
ISBN 978-4-622-09720-4
［あむ］